第十四屆全球華文文學星雲獎
短篇歷史小說
得獎作品集

歷史的眼光

秦肇・懋透影・詹雅量——著

第十四屆全球華文文學星雲獎短篇歷史小說得獎作品集

目次

總序

李瑞騰

全球華文文學星雲獎的設立，乃緣於星雲大師對文學的熱愛與期待。他曾表示，在他學佛修行與弘揚佛法的過程中，文學帶給他智慧和力量；他自己也日夜俯首為文，藉文學表達所悟之道。因為他深知文學來自作家的人生體會，存有對於理想社會不盡的探求，也必將影響讀者向上向善，走健康的人生大道。

我幾次聆聽大師談他的閱讀與寫作，感覺到他非常重視反思歷史的小說寫作以及探索現實的報導文學，而這兩種深具傳統的文類，在當代輕薄短小的社會風潮中，已日漸式微，尤其是二者的難度都高，且欠缺發表園地，我們因此建議大師以這兩種文類為主來辦文學獎；而為了擴大參與，乃加上與生活息息相關的人間佛教散文。大師認同我們的想法，這就成了這個文學獎最初的主要內容。此外，大師來臺以後，數十年間廣結文壇人士，始終以誠相待，他喜愛文學，尊敬作家，於是在創作獎之外，我們設了貢獻獎，以表彰在文學領域長期持續耕耘，且具有累積性成就的資深文學工作者。

星雲大師將其一生筆墨所得設立公益信託基金，用在廣義的文教上面。這個文學獎的經費就來自這個基金，筆墨所得用之於筆墨，何其美善的人間因緣，曾深深感動了我。至於以「全球華文文學星雲獎」為名，意在跨越政治與區域的界限，有助推動以華文為媒介的文學。從二〇一一年創辦以來，由專業人士組成的評議委員會，獲得充分的授權，堅定站在文學的立場上，以民主的實踐方式運作，進行得相當順利。我們通常會在年初開會檢討去年辦理情況，也針對本年度相關作業進行討論，除了排定時程，更會針對如何辦好文學獎的每一個環節，進行廣泛討論，特別是評審和宣傳問題。

二〇一七年，我們在充分討論之後決定增設「人間禪詩」獎項。詩旨在抒情言志，禪則靜心思慮，以禪入詩，是詩人禪悟之所得，可以是禪理詩，也可以是修行悟道的書寫，正好和「人間佛教散文」相互輝映。幾屆下來，成績不錯，得到評審委員的讚歎。

二〇一九年，評議委員決議將歷史小說分成長篇和短篇，等於是增設短篇歷史小說。說是短篇，其實是二、三萬字，辦了兩屆以後，我們信心倍增。此外，我們也設立了「長篇歷史小說寫作計畫補助專案」，每年至少補助兩個寫作計畫，增加誘因，吸引不少海內外華文作家參與。辦理五屆以來，總計補助十個寫作計畫，已有七個結案，正式出版的已有四部。

這個大型文學獎已然果實累累，每一年我們都趕在年底贈獎典禮之前出版得獎作品集；但得獎的長篇歷史小說，我們讓作者自行尋找出版的機會，盼能接受市場及讀者的考驗，提高其能見度及流通量。特別感謝歷屆評審委員的辛勞，他們在會議上熱烈討論、激辯，有讚歎，有惋惜，就只為選出好作品，讓我們感動；相關事務，如評審行政、贈獎典禮的舉辦等，則有勞信託基金同仁的細心處理；得獎作品集的出版，則有賴佛光文化的高效率，於此一併致謝。

（本文作者為全球華文文學星雲獎評議委員會主任委員）

序

楊照

歷史小說極其難寫，光是要合格，作品就必須既有小說又有歷史，而小說與歷史在基本精神與追求上，卻有著根本矛盾之處。

歷史必須求真，雖然注定無法完全還原過去的事實，卻要盡可能透過留下來的種種資料進行比對、拼湊，提供一個最接近事實的說法。相反地，小說的本質是虛構，小說存在的根本意義與價值，在於我們人類的好奇心範圍遠超過現實、事實所能限制的。也因而小說要儘量寫出從現實、事實中無法得知的，甚至是現實、事實中所不存在的。

如何折衷這兩項相反要求，決定歷史小說的功能，是作者必須面對的艱難挑戰，往往也是決定作品是否有價值的關鍵因素。這次得獎的三篇歷史小說，剛好呈現了三種不同立場，部分也因為實踐立場的不同難易程度，決定了作品的成就高下。

〈長春月明〉選擇以小說來刻劃歷史事件與歷史人物的內在。相當程度上是以小說虛構之筆，去補充一九四五年滿洲國倉皇終結之際，涉及此事的幾位人物他們的主觀經驗與感受。在一般的歷史敘述中，我們只能得知人物的行為，藉由小說來滿足我們對於其背後動機、心情與種種掙扎痛苦的好奇。

〈月下渡海〉則是以小說虛構創造了介入在歷史時刻的人與事，以此來捕捉那個大時代的衝擊改變。人物是虛構的，在佛寺裡教游泳、學游泳的事件是虛構的，然而人物與事件所在的「文化大革命」山雨欲來時代氣氛是歷史性的，還有，政治與宗教間、個性與群性間的衝突張力，也具備歷史性的真實。換句話說，在這篇作品中，小說不是為既有的歷史敘述服務，毋寧是以小說擴充、開展了歷史觀點。

首獎〈我們都是吹牛大王〉則更進一步，以小說挑逗、挑釁、挑戰了歷史敘述。我們今天視為堅實歷史的知識，究竟是如何形成、如何確立的？在這樣的歷史事件從現場經驗轉化為語言或文字資料時，是誰用什麼方式決定了該突顯什麼又該刪除什麼？在每個歷史敘述的起源處，會不會其實都摻夾了一分講故事的衝動？那我們將這樣說出來、記錄下來的故事鄭重其事當作歷史，沒有問題嗎？尤其是涉及像「漢奸」這樣的歷史，豈不是必然帶著那個時代的故事眼光來看什麼是「漢」、什麼是「奸」，換了不同時代，那樣的說法還能算是歷史？還是變成了在某段時光中的「吹牛」？

三篇小說三個面向，還有不同層次可供閱讀、挖掘，提供給愛好歷史小說的讀者。

首獎——歷史的眼光

第十四屆
全球華文文學星雲獎

歷史的眼光

我們都是吹牛大王

秦肇

巴黎Portier遠東藝術專家鑑定工作室，鑑定專家

學歷——

碩士

經歷——

二〇一〇至二〇一二年巴黎IESA高等藝術學院「優秀畢業生」榮譽畢業

二〇一二年至今 任職於巴黎Portier遠東藝術專家鑑定工作室

二〇一三年出版長篇小說處女作《眾價之上》，浙江大學出版社

我們都是吹牛大王

引子

我最後一次見到袁如方，是在上海提籃橋監獄的探監室。那時日本投降已過去一個多月，街上每天仍有各式各樣的歡慶遊行，鑼鼓鞭炮響徹寰宇，不時掠過天空的美式軍機總能引起黃浦江上無數艦船的鳴笛致意。很多遊行者都揮舞著一種特別的旗幟：由四強國旗拼接縫製而成，星條旗、米字旗、鐮刀旗和青天白日旗各占四分之一，猶如一隻昭示著人類新秩序的萬花筒。

我手中也有一面這樣的旗幟，是剛才下黃包車時一隊遊行歸來的小學生塞給我的。直到我交驗了探監許可證和司法行政部公函，辦完諸多手續坐進探監室等候時，才發現這面四國旗竟還捏在我手中，在霉臭味和消毒水氣味濃烈的昏暗房間裡，紅黃藍白交錯斑斕，花俏得令人感到費解。

我沒有跟袁如方寒暄，這是我早年做律師時就養成的習慣。有些律師會跟當事人談笑風生甚至稱兄道弟，我從來不會。我很少直視當事人，更不會對他們微笑，話語必須簡短有力，眉頭微皺的程度要像得了輕度前列腺炎——這才符合人們期待的律師形象：威嚴持重、代表著律法與公義。事實上，我此刻代表的只是我不可告人的私心，而袁如方，永遠不可能成為我的當事人。

他像一團輪廓模糊的黑影坐在我面前，我沒有抬眼看他，清晰快速地說，他雖因漢奸罪被提起公訴，但我看過卷宗，這幾年他只是為親日的政要明星擔任攝影師，並無實質罪行。如果有社會名流為他作保，我身為司法行政部參事，可以幫他減刑。

「袁先生，您認識什麼名人嗎？」

「我？你問我認識什麼名人？」他強調了兩遍「我」這個字眼，幾聲短促的冷笑聲非常刺耳，「你不知道我是誰？我是大名鼎鼎的攝影師袁如方！電影皇后蝶姐，她當年的婚紗照都是我拍的！」

他的頭髮還是很長，一綹綹披在肩上，十年前我第一次見到他的背影，心底也是這樣的印象：遠看無疑是乞丐，近看才明白是藝術家。但他比那時更瘦了，原本就高的顴骨支棱在沒有肉的臉頰上，像是被利斧劈出來的，兩腮的鬍子拉渣愈顯出他眼窩深陷，那種睥睨天下的自傲覆蓋了這張嶙峋寡瘦的臉，竟頗有幾分孩童般的天真。

壹

「蝶姐和我啊，我們熟得就像親姐弟一樣。今年她去莫斯科參加電影節，我都是同她一道去的，她所有照片也全都是我拍的。」

「蝶姐？哪個蝶姐？難道是……」

「電影皇后啊！全中國還有幾個蝶姐？」

一片驚呼豔羡聲轟然而起，像一塊燒得通紅的烙鐵猛地墜入了冰桶中。十年前我偶然聽到這番對話，至今音猶在耳。

那時我剛從美國留學回上海，在漢口路一家律所做練習生。附近有一家「潔而精」川菜館很不錯，就在華商證券交易所斜對面，做的是地道川菜，裝潢卻是中西合璧的調子。中間幾張圓桌，靠牆是一排沙發卡座，當年稱為「火車座」，彷彿火車的頭等車室一樣。相鄰卡座之間以磨砂玻璃隔開，如今香港的陸羽茶室仍有這般格局。

我和同事常去那裡吃中飯，我們總是去得晚些，一進門就能從滿屋食客的臉上判斷出當天交易所的市面漲落。以我的經驗來說，律師很少參與交易投機，或許是我們看飽了真實的淩虐與構陷、恚怨與苦楚，面對金錢狂潮只覺得乏味空虛。但上海這聚集了三百萬人的烈火烹油繁華地，總會迸濺出些許火花，撒落到不相干的人身上。

我剛點了一客鳳尾筍，就聽見身後卡座有個男人在講自己為明星拍照的事。我們不約而同地閉了嘴，屏息聆聽，大家都清楚，既然他口口聲聲說「影后」，毫無疑問是那位紅得發紫的莊蝶小姐了。今年年初，她從莫斯科電影節載譽歸來，風光無兩，她的照片更是大賣特賣，據說青年學生尤為瘋狂。有人開玩笑講，去任何一間學生宿舍翻一翻，她的小照絕對比教科書多好幾倍。

「電影明星不一定都是漂亮的。有的人滿臉雀子斑，有的人又矮又小，講話聲音像蚊子叫，哪怕是蝶姐這樣的大明星，卸了妝其實也是一張黑面皮，全靠抹粉化妝呀！所以我總是同她講，拍照一定要穿深色旗袍，愈深愈好，才襯得出臉的白嫩來。而且照相的底版都是可以修的嘛！不要說現在科學進步，修版的技術一日千里，就是慈禧太后那些照片也全是修過的，不然她一個七十多歲的老太婆，哪能一絲皺紋都沒有？」

他這番話夾在幾個飽嗝之間說出來，顯得格外篤定真實。這位攝影師的口才足以打敗三大百貨公司最厲害的銷售員，他的嘴好像消防栓龍頭，時刻蓄有源源不絕的水流，一打開就直噴到聽眾臉上，沖得人頭暈目眩。很快我們就都知道莊蝶小姐正在祕密準備婚禮；也知道他前天剛為著名游泳運動員、號稱「美人魚」的楊秀瓊拍過照片，「秀瓊在別人拍的照片裡，表情都是呆呆的。只有我給她拍照的時候，她眼睛看著我，所以特別靈、特別漂亮。」有人起哄說：「這就叫含情脈脈呀！」一陣大笑在卡座間爆開，回響不絕。

其間也有人問他，為什麼雜誌上的明星照片雖說是他拍的，卻沒有他的署名。他說自己從來不在乎那些虛名，又略微壓低了聲音講：「蝶姐從前的男朋友也是攝影師，原本都訂婚了，誰想蝶姐有天去逛一場展覽會，居然看見自己的幾張照片放大了擺在那裡，標價十元一張！那些照片是她在閨房裡拍的，有點香豔的色調，不好見人的呀！把她氣得要生要死，過後花了很大一筆錢才把照片贖回來。」一眾人頓時嘖嘖應聲，一致敬佩他的謹慎與品格。

我那時入世尚淺，還不知道這種以唇舌作武器征戰於都市的人多半不是英雄，而是小丑；更不知道這些簇擁在名流身畔的雞犬，自以為早已得道升天，其實才勉強碰著升天梯的梯子腳。聽到他們結帳離座，我心底止不住地歡欣激動，終於可以看見這位大名鼎鼎的攝影師是何等模樣了。可惜他走得太快，我的目光只追上了他的背影。

他很瘦很高，棗核形狀的尖削腦袋，頭髮留得挺長，彷彿是民國初創時，街上剛剪了辮子的男人們都留著半腦袋披肩髮。他全身從頭到腳都是黑的，就連肩上挎的那只攝影鏡箱也是黑色皮匣，黑色風衣和褲子寬鬆得比他的身量大了至少四五碼，身體像一根孤零零的晒衣竹竿勉強支起衣褲，看上去似男又似女，不中又不西，既新派又老派。

我跟來上菜的餐館老闆打聽這攝影師的來歷。老闆是個五十多歲的矮胖男人，腆著南瓜一樣的大肚子，先呵呵笑了幾聲，用四川口音很重的國語說：「啥子名人哦，上海人麼，最會衝殼子——衝殼子是我們老家話，就是吹牛。哈哈哈，人在地上吹，牛在天上飛嘛！他一天到晚都背著那個拍照的寶貝，連屙屎拉尿都要背到馬桶間裡頭去，鏡箱的皮殼都被他背出包漿了，油光光的，隨便刮兩下都夠炒盤回鍋肉囉！」他說著讓夥計去櫃檯底下找出一張名片來，只見上面幾排仿宋聚珍字印著：

袁如方

巴黎索邦大學博士
倫敦帝國學院經濟學碩士
骨董鑑識專家／著名攝影家

一位同事指著最後一行頭銜驚呼：「他還懂得鑑別骨董！」

「啥子骨董，我也不曉得，」老闆把鳳尾筍擺到我面前，「但我確實看到過好幾次，他跟一幫人坐在這裡講罐子囉瓶子囉，好像還有啥子古畫。要我說，他們一點都不像五馬路那些真正玩骨董的，倒像是些土財主。哈哈哈，我亂說的，哪裡說了哪裡丟，莫當真啊！」

雖然老闆反復講自己是「亂說的」，但骨董這樁事無疑打開了他的話匣子。據他說，除了跟這幫土財主打交道之外，袁如方還常和一位小姐見面，那小姐雖然年紀輕，說起話來倒像個行家，外國話也講得比他流利多了。「對了，那姑娘是穿褲子的。」

我們都舉著筷子怔住了，老闆猛地反應過來，趕忙扯著自己褲子解釋：「我的意思是說，她不穿旗袍，也不穿外國女人那種裙子，她穿的是褲子，和男人一樣的這種褲子。」

大家都恍然笑起來，同事把名片還給老闆，笑道：「他還真是『學貫中西』啊！

女朋友都要找這麼洋派的。」

「我感覺那個穿褲子的姑娘看不上他，未必是他的女朋友。」老闆給我們斟茶，又笑呵呵地補了一句，「他一般都是來吃晚飯，你們要是想聽他衝殼子，晚上再來，那殼子衝得比天都大！」

「衝殼子」用上海話說是「攛浪頭」，三年後我才知道。那時我和朋友合夥成立了自己的律所，我經辦的幾樁離婚案都很成功，此後類似的案子便接連找上門來。朋友常開玩笑說，應該把我辦公室牆上那幅于右老①寫的條幅鏡框「保障人權」改成「保障女權」，因為我的當事人絕大多數都是年輕女性。

她們總是嚴妝精飾而來，喝完半杯咖啡，她們就迫不及待地把自己的人生攤開在我面前。我時不時地走神，但從不會被發覺，畢竟她們絕大多數時候都是自言自語，我只是她們的迴音壁，藉助我，她們能親耳聽到自己的情愛和幻滅在法律的高牆中將會盪出怎樣的迴音。

聽她們說話就像目睹一朵花從盛開到凋零，在電影的快速鏡頭裡，「噗」一聲蓓蕾綻開，倏忽一下花瓣委地。我很容易就能看清她們有意無意藏匿的那些小心思和大難題，但我總是耐心聽她們說完，哪怕那些話語瑣碎、繁複、毫無意義。我是坐在婚姻告解室里的牧師，只不過碰巧學過幾年法律。

我記得很清楚，一九三八年九月三十日的早上就非常熱，雖然秋分都已過了一個星期，但上海人所謂的「桂花蒸」實在難受得令人終生難忘。儘管吊扇和台扇從早開到晚，可我每日西裝革履地坐在辦公桌前，總覺得自己是一隻裹得緊緊的肉粽子，被擱在籠屜裡隔水蒸了一天又一天。

我對面坐著一位很漂亮的摩登小姐，身穿一件蟬翼紗旗袍，裡面是淺紫色蕾絲襯裙，大半截後背一覽無餘，下面沒有穿襪子，赤腳蹬著雙白色鏤空高跟鞋，露出豔紅油亮的腳趾蔻丹，腳踝上套著兩隻細細的白金腳鐲。一只半吋寬的嵌珠黃金鐲子箍在她的胳膊上——這是如今最時興的戴法，彷彿古畫裡菩薩的臂釧，只不過卡在年輕女人們豐滿雪白的臂膀上，更像是某種別出心裁的枷鎖。

她的國語裡夾雜著許多伊啊儂啊的上海白，話音尖細而迅速，我極力去聽，聽不懂時再請她重複一遍。她愈講愈氣愈急，臉上直冒油汗，不停地打開手包拿出粉紙來，對著小鏡子擦了又擦。黏了團團油汗的淺黃色粉紙變成半透明的樣子，被台扇吹到辦公桌上，像幾隻瀕死的夜蛾在訴訟文卷上掙扎著。

她是遇到了「拆白黨」。一個「長得比你陳律師還漂亮的小開」自稱是天津某洋行大班的獨子，同她交往數月之後，帶她去外灘一棟洋樓寫字間裡跟一幫營造師、會計師、地產商見面，說是搞什麼投資造屋，幾千元就可以造一宅洋房，造好後租出去，單是頂費就能收兩三千元。算下來三五年就可回本，一轉手兩三萬就能變作三五十萬。

王小姐便拿了一萬元給他，「哎呀我的嫁妝本錢啊！伊根本呒沒鈔票，也根本不是啥買辦家的小開，阿烏卵冒充金剛鑽，浪頭摜得大來死！我當初問他：『儂父親是做啥事體的呀？』他講是啥『雞批鴨批摩根』洋行的華人大班。[2]我就問：『阿是人家說的買辦哇？』陳律師，儂曉得伊哪樣回答？」

她坐直上身，揩了揩額角的汗，把指間的半截香菸揌進煙灰缸，學著男人的低沉嗓音，用北方官話說：「家父似乎比買辦還要高一等。」

我差點笑出了聲，王小姐又換回上海腔調的國語：「這隻殺千刀的拆白黨，果然北邊人吃大蒜的，沒一個好人！我自問看人還是有一眼的，本來上海這個地方，多少人都是燈籠殼子泥菩薩，講話全是摜浪頭呀，啥人都不好相信的！前兩年有個頂頂洋派的小開，說他是影后莊蝶的攝影師，講他在外國電影節舞會上，多少公主、明星都追求他，還說要介紹我去拍電影，要把我捧成一個紅星，比陳雲裳、周璇還要紅……哎呦，我同他講：『儂勦在我面前賣野人頭，我是不會上當的！』」

「這位攝影師是不是姓袁？」

王小姐驚呼起來：「難怪都說你陳律師厲害，儂阿是會算命哇？」

我正要告訴她我與袁如方的一面之緣，祕書推門進來，湊在我耳邊輕聲道：「朱公館電話。」見我茫然不解，他又附耳補了一句：「諸葛亮的諸，福開森路。」

福開森路的諸公館是外交官諸昌年的私宅，現在住著他的岳父，民國首任國務總理唐紹儀。我乘車和散步時都曾多次經過這裡，與大多數氣派非凡的政要官邸相比，這棟三層西班牙式洋樓幾乎可以用緊湊小巧來形容。我與他家從無往來，只聽說去年戰事初起之時，唐紹儀已將妻室子女全部送往香港，自己深居簡出，近日諸公館門口又多了日本憲兵站崗，更是令人退避三舍。

我在諸公館門廳裡被日本兵搜身檢查時，管家一直在旁邊弓著腰跟我賠笑，輕聲連說：「對勿起，讓你陳大律師受委屈了。」我本想說一年多來大家受的委屈又何止這一點點，轉眼看見憲兵背上的刺刀步槍，便住了嘴，把雙臂舉得更高、伸得更直，讓這瘦小如猿猴的日本兵能更方便地搜遍我的全身。

總算熬過這一關，我穿上鞋襪，重新繫好領帶，隨管家剛走到門廊下，一個身穿店員藍布制服、戴著袖套的年輕人懷抱一隻紫紅色瓷瓶迎面而來。管家還沒開口詢問，他先搖頭笑道：「你家老爺看不上這隻瓶子，說是蹩腳貨色。哎呀，現在生意交關難做，今朝又吃白板了！哦對了，老爺在樓上休息，讓你們不要打擾。」說著向我略一點頭，算是見了禮，逕自離去。我才想起先前在門外看到一輛黑色的飛霞轎車③，聞說唐紹儀雅好瓷器，此人應該是古玩店的夥計，上門送瓷器給他驗看挑選的。

一位年輕小姐走出來，笑著同我握手，她薄施脂粉，淺綠色縐紗旗袍彷彿是剛洗淨穿上身的，散發出一股隱約的皂香。她看起來又稚嫩又老成，雖沒有十足的美貌，卻堪稱清挺秀雅，宛若一株舒展在密林間的隱花植物。她是唯一留在唐紹儀身邊的女兒，因為還在大學讀書，明年就畢業了，所以沒有去香港。「家父有心臟病和高血壓，不得不留在上海醫治。」她特意跟我講這句話，大概是為了澄清近來甚囂塵上的「唐紹儀密會日方、失節賣國」的傳聞。

我隨著她的腳步往前走，暗沉的拼花木地板因溽熱膨脹，每一步都在鞋底發出嘆息般的聲響。大理石壁爐、櫻桃木護牆板、鬱金香花簇形狀的水晶燈、彩繪玻璃窗……整座房子看起來好似一間古舊的小禮拜堂。牆上掛著許多照片，我還來不及辨認照片裡那些赫赫有名的臉，就在他們目光注視下走進一間書房。

世家子女往往有一種拐彎抹角講話的天才，無論是把大事說得輕如鴻毛，還是把小事說得重如泰山。唐小姐大概是有了男朋友，又怕遇到「拆白黨」，於是跟我諮詢中國是否可以像歐美一樣，訂立婚前協定保護女方財產。

只是這樣一件小事。或許養尊處優者眼中從無小事，或許所有的小事在他們眼中都極為鄭重，不能有一絲一毫的馬虎。他們學英語要找倫敦人，學高爾夫要找蘇格蘭人，學芭蕾不得不屈尊找白俄，也一定要找從前沙皇宮廷的芭蕾舞者，哪怕沙皇全家都已深埋泉下泥銷骨。

我很快回答了她的問題，又陪她閒談片刻，她打鈴喚來管家，讓他等會兒去門口迎一迎袁先生，「別讓那些瘟神嚇到他了。」隨後請我留下來吃午飯，我以律所有約婉拒，她也並不強留。管家說老爺還在休息，她便吩咐晚一點再把午飯開到樓上去。

我正要起身告辭，卻發現公事包上多了一個深褐色的斑點，像一隻拍扁了的臭蟲屍體，形狀顏色大小都非常像，但這只麂皮公事包剛買了兩個星期，幾乎還是全新的。難道是天太熱頭腦發暈？我眨了眨眼，那褐斑竟突地擴大了，猶如恐怖電影裡的骷髏瞬間一分為二、為三。

唐小姐伸手過來道別，她白皙的手背上也突地冒出一塊斑點，像一塊剛開始病變的紅褐色斑痕——這次我們都看清了，是從上面落下來的。仰頭望上去，天花板中間有一塊暗紅色的汙漬，並不很大，邊緣模糊，酷似一枚摁在訴訟筆錄下方的潮濕指印，啪嗒、啪嗒，很有規律地緩慢滴下來，落在我的公事包上。

唐小姐霎時紅了臉，立刻拿出手絹擦拭公事包，連聲道歉說這幢房子雖然才修了四五年，但最近家中忙亂，未免疏於維護，水管煙囪都有點問題，真是慚愧得緊。天花板那塊汙漬在她說話時緩慢擴大，我用手心接了兩滴那奇怪的液體，粘稠，有點輕微的油膩感，似乎還散出一絲帶著酸味的腥氣。「恐怕不是水管的問題，唐小姐，」我說，「請恕我冒昧，我陪您上樓去看看。」

那天之前和那天之後，我都見過屍體，甚至是堆積如山的屍體，但我後來在噩夢裡無數次看見的，卻是滿地血泊中唐紹儀瞪圓的雙眼。他是典型的南方人面孔，儘管他所有的面部肌肉都繃緊僵硬，眼珠幾乎迸出眼眶，眼睛也不顯得大。他這怪異的表情似乎並非出於恐懼或痛苦，更像是要把眼睛變成攝影鏡箱，記錄下兇手的模樣。

沒人知道他看見了什麼，我卻是第一次直觀地看見一個人的身體竟能流出這麼多的血。他全身衣褲都已染紅，厚絨地毯也被浸透，只能依稀辨認出一些雜亂的幾何圖案。失血讓他的面容呈現出潮石膏一樣的灰白色，嘴巴咬得很緊，幾乎看不見嘴唇，一字鬍應該是今早才修剪過，非常整齊。他的四肢和軀幹在不斷擴大的血灘中保持一種痙攣式的古怪姿態，左臂極力向前伸展，彷彿在飛翔。這姿態讓他看起來不像一具屍體，而是一個凝固的鬼魂。

「哎呀呀，我也不知道這皇帝老倌有多大臉面，動不動就要斬人的首級下來！」無線電裡梅蘭芳還在唱，「這人的首級斬了下來，它還能長得上嗎？」

這唱詞未免也太過應景，我轉身想去關掉，才發現唐小姐已癱軟在門邊。她顫抖得非常厲害，我很費力才將她扶到沙發裡。窗外蟬聲如沸，牆上掛的一幅金農書法被台扇輕輕吹起，一下接一下，好似輕微的呻吟。唐小姐尖叫起來，只有一個單音節的「啊」，穿透我的耳膜，我整個大腦中只有這一股聲音在激盪碰撞，等到這尖叫漸漸消散，門外傳來一陣雜遝的腳步聲。

我以為是僕傭，推門進來卻是一個瘦高的黑衣身影，肩上挎著鏡箱。我和他都頗感困惑，好像劇院大幕拉開時，兩個站在舞台正中的演員同時忘了所有的台詞。後來我才知道，袁如方那天登門是為唐小姐拍照，她想把自己的照片發表在《良友》上，配合雜誌「淪陷區抗日救亡生活」的專題，藉此闡明父親絕不與日本人合作的立場。不料轉眼之間，她父親只能用血泊中僵硬的姿勢來表達自己了。

「咔嚓」一聲，是袁如方在拍照。他踩在浸飽了鮮血的地毯上，從我的角度瞧過去，能看見血跡從他的皮鞋鞋底逐漸暈染到鞋幫。他先是踮起腳以便俯拍整個屍體，又彎下腰湊到唐紹儀臉前拍特寫，接著毫不猶豫地跨過他的身體，猛地驚呼起來：「天啊！斧頭！這裡有一把斧頭！哇！這斧頭是摺疊的！你們快看！」

他向我們舉起那柄特製的斧子，它只有菜刀的一半大小，木質斧柄裝了類似彈簧刀的機關，他按下側邊的按鈕，斧頭旋即彈出，同時在空中濺出一帶血跡；收回斧頭，再按一下，再彈出一串血沫。他那張窄瘦的臉上洋溢著一種無法抑制的興奮，還有幾分調皮，像小孩子終於得到了一件格外有趣的玩具。

唐小姐乾嘔了兩聲，張口吐了一地。我掏出手帕遞給她，她側過臉去擦拭，另一隻手像鉗子般攥住我的手腕。蚊蠅開始聚集，僕傭們陸續跑上樓來，嚎哭驚叫此起彼伏。管家招呼眾人給警局、醫院等處打電話，一位娘姨扶著唐小姐下樓，我正想喊袁如方一起走，回頭看見他正用那柄血淋淋的斧子在自己鏡箱的皮匣上割劃。他那棗核形狀的腦袋裡到底在發生什麼化學反應，令他做出這種匪夷所思的舉動，幾天後我才會知道。

從二樓下來的走廊牆上也掛著許多合影照片，大部分是黑白的，偶有幾張著色的彩照。它們不僅涵蓋了唐紹儀從幼年到晚年的面孔，也涵蓋了這個國家最有名的那些面孔：李鴻章、袁世凱、段祺瑞、蔡元培、梅蘭芳、尚未成為國父的孫中山、後來當選為美國總統的胡佛、非常年輕的戎裝蔣介石……不論他拍攝這些照片時境遇如何，他都無法想到自己最後一張照片竟是如此狼狽的姿態。人生的起點和終點都無法由自己選擇，只能在塵土和血汙中徒然輾轉，一生中到底有多少時刻像個

「人」呢，這實在是禁不起細想的。

我一直跟在唐小姐身後，快到走廊盡頭時，她忽然抱住娘姨放聲大哭。我也停下腳步，轉臉看見身旁牆上是唐紹儀與美國總統羅斯福的合影，那時他還是一位意氣風發的清廷外交官，蟒袍朝珠、翎頂輝煌。難怪前清的人們總覺得拍照是攝魂，從某種意義上來說，照片確實留住了一部分的靈魂，而你注視一張照片，就是遇見了那一刻、那一部分的靈魂。

我正在出神，唐小姐哭喊了一聲：「陳律師啊！」我大步趕去她面前，她雙手扶著我的肩膀，哭得很傷心，卻又講不出話。娘姨連忙去倒了一杯沙濾水過來，她擺手推開，哽咽著說了句什麼，我沒聽清也沒太在意，正想把她扶進客廳，她清了清嗓子，說：「我不是哭他。」

她像是被這幾個字噎住了，梗著脖子，用一種清晰得近乎冷漠的聲調說：「日本人一定要父親活著，但他可以去死，服毒上吊開槍都可以，他跟我說過很多次，從來不懼一死。可是現在，他不明不白地被人——」她頓了一下，抽泣兩聲繼續說道，「他就這樣不明不白地被重慶的特務砍死，漢奸的罪名就坐實了啊！從現在開始，我、我哥哥姐姐，我們全家上下百來人，都成了漢奸親眷，這冤屈幾輩子都洗不清了！我父親的一世名節，毀於一旦啊……」她這番深思熟慮的哀慟話語讓我想起當下各家戲院最火的劇碼《文天祥》，民眾的精神糧食，總是他們心甘情願用自己的骨骼血肉釀造的。

「漢奸是做不得的呀！」這句話她反反復復說了很多遍，有時說得淒切，有時說得恍惚，淒切時像在喊冤控訴，恍惚時像在念誦禱文。和我每天在律所遇到的那些女人一樣，她是在自言自語，話語是她們的精神鎮定劑。這鎮定劑的滋味並不好，但幾年後我也只能和著血淚吞嚥了。

從諸公館出來已近黃昏，黃包車拉到亞爾培路時我才感到餓，便去喬家柵吃了碗鮮肉湯圓。大約是物價日益高漲的緣故，湯圓餡兒肥肉太多，吃完只覺得發膩，唐小姐嘔吐的模樣頓時浮現眼前，我連忙走出餐館，漫無目的地閒逛著。直到望見前方一群人正仰頭圍觀什麼奇景，我才反應過來，已經到了薛華立路的法國巡捕房。

巡捕房馬路對面的電線桿上吊著一個人頭，已掛了兩三天，每天觀者如堵。在近日的燠熱中，這人頭很快腫脹發臭，從嘴巴那裡潰爛下去，深褐色的液體不斷流淌下來，混著密密麻麻的蛆蟲，覆蓋了頭顱下方掛的那條白布。白布上原本用斗大的字寫著：「請看抗日分子之下場」。

這是蔡釣徒的腦袋，他不是什麼抗日分子，只是一介流氓，上海人稱為「白相人」的渣滓。前兩年他拜了杜月笙手下的王德鄰做老頭子，因為粗通文墨，辦了張《社會夜報》聊以糊口。日本人來了之後，他倒是活絡，把同一份報紙印成兩個不同版本，吹捧日方的版本放在虹口銷售，痛罵日方的版本送去租界銷售，兩下裡都很吃得開。

不料前些天，某個日本特務在租界順手買了份《社會夜報》，次日清早，蔡釣徒的腦袋就掛在了法租界巡捕房門口的電線桿上，讓千百萬人眼睜睜地看見：流氓若是死得其時，就變作了名垂千秋的烈士；而前總理一朝被暗殺，便墮落成萬人唾罵的漢奸。

「在被證實有罪之前，你有權被視為無罪。如果被指控有罪，你有權為自己辯護。」望著蛆水橫流的頭顱，我莫名地想起自己第一次念誦出這句話的光景。那時我的英文水平剛剛可以讀懂它，每一次念誦，我都止不住地熱淚盈眶。我每一天都相信「上天生我，必有大用」，更相信我終此一生，誓將深刻改變這個國家數百年來糟糕透頂的司法體系。十二歲的唐紹儀作為留美幼童第一次踏上美國的土地時，他一定也這樣相信過。每個年輕人都這樣相信過。是從什麼時候開始，我變成了一個專擅辦理證婚、離婚、拆白黨、仙人跳案子的律師？

接下來兩天的報紙陸續拼湊出了唐紹儀遇刺的詳情。據說重慶軍統的「行動人員」先是接近唐家的廚司，與他同賭同嫖多日，藉此探知唐的起居詳情。原來唐紹儀自日軍把門之後便足不出戶，儘管生平癖好瓷器，也唯有朱葆三路一家法國古玩店同他往來。行動人員便數次造訪這家店，買了些小玩意兒，同幾位店員也就熟識了，尤與常去唐宅的那位店員親近。

軍統行動員看見古玩店送貨都是一輛飛霞汽車，便暗中備下一輛款式、牌照毫無二致的汽車，又花大價錢買了一件宋鈞窯玫瑰紫釉出戟尊。到了九月三十日，行動員的副手穿上與古玩店司機同樣的白色制服，開車來到古玩店門口，騙得那位常去唐宅送貨的店員上車。他一上車就被行動員以手槍抵住後腰，命他到唐宅門口裝急病發痧，以騙過守門的日本憲兵，讓行動員抱著瓷尊進去。

那日本憲兵把行動員全身上下搜了兩遍，連鞋底和帽子都捏了又捏，瓷尊更是裡裡外外查看，殊不知那柄摺疊斧是藏在紅木雕花的底座之中。唐紹儀見到瓷尊很是歡喜，捧到窗前仔細欣賞，行動員便趁機抽出斧子對準他後腦勺砍下去，老人未出一聲就已倒地殞命。

這種血腥刺激的故事很快就被傳揚得更加離譜，以至於將近半個世紀後，我在香港讀到某位故人的回憶錄暢銷書，書中赫然寫道：唐紹儀生活奢華無度，單是每個月抽雪茄就耗費數萬元，在日方的金錢引誘之下，他早已半推半就，終日藏身在「老靶子路一座很大的洋房中，與日本人密謀組建聯合政府的計畫」。

此人寫下這些道聽塗說的妄語時，可能並不知道唐紹儀就葬在香港，在他的葬禮上，牧師應該也會念誦關於塵土、黑暗、光明的經文。站遠了看，唐紹儀的屍體確實變成了一束光，一束明晃晃的圓形追光，照亮了很多人此後的人生舞台。或許世界本來就是一個耍百戲的舞台，演戲的要麼是穿著衣服的猴子，要麼是黏著猴子皮毛的人類，即使在生死攸關的時刻，旁人看過去，這齣戲多半也是荒謬的。

除了刺殺細節之外，那兩天的報紙頭版都刊載了唐紹儀遇難的照片，沒人知道這些照片出自袁如方之手，絕大多數人對他的關注並不比對一只鏡箱更多些。只有一家小報登了一張很模糊的背影照片，說是攝影師與兇手搏鬥受傷，卻仍然帶傷拍下了他逃跑的身形。那張照片是諸公館的花園，背影應該是奔走忙亂的一位唐家僕傭——那一刻我才恍然大悟，袁如方用斧子割破自己的鏡箱皮匣，是為了製造「英勇搏鬥」的證據。

袁如方做英雄的時間大概不長，畢竟唐紹儀遇刺的新聞在頭版上也只待了兩天。四十八小時之後，關於他的事就只是零星散見於報紙角落：他存放在楊樹浦棧房的瓷器收藏被盜、他的繼妻和長子為爭奪他遺體的下葬權在香港對簿公堂、他的長媳「漂亮到了極點」……偶爾還能看到一篇麻將牌大小的社論：「唐紹儀身為革命元老，對民國肇建頗有過一番功勞，然晚節不終，甘為傀儡，致遭顯戮，奸讒喪膽，舉國稱快。」

我不知道舉國究竟有幾個人「稱快」，只聽說這位軍統行動員逃回重慶後很快被滅了口。南京政府發聲明說，假使重慶打死他們一個人，他們就要打死重慶十個人。政府在別的事情上向來尸位素餐，這件事卻真的做到了言出必行。

於是上海的暗殺愈來愈多，爆炸、綁架、槍擊發生在私宅、報社、銀行、俱樂部，甚至警局門口……記者們經常收到裝著腐臭斷肢的郵包，公共租界高等法院刑庭長郁華早晨上班時被槍殺在自家門前，租界英國總董費利浦坐在自己車裡被亂槍伏擊，法租界公董局政務督辦杜格也被狙擊身亡。到了最後，青幫頭目張嘯林被自己的保鏢一槍斃命，偽市長傅筱庵也被自家的「兩代義僕」用菜刀砍死。滬西一帶甚至得了個新名字：「歹土」，與「樂土」相反。「保障人權」的鏡框仍舊掛在我辦公室，我卻再也看不見它，就像看不見街上愈來愈多垂死的難民。

結婚離婚也愈來愈多，三百萬上海人似乎都變成了朝生暮死的蜉蝣，就像今天猜不到明天的米價，今天也料不到明天的生死。趁著我們還四肢健全，趕緊繁衍生息吧，我想，現在結婚也不錯。

確實不錯，我住在大西別墅，出門左轉一百米就是美國兵營，家裡有廚司有娘姨有司機，有養尊處優的美麗妻子，連我養的狗都是純種的查理斯王獵犬，每天有專門的遛狗師帶牠散步玩耍，你還操心什麼人權狗權。披上那件縫鑲白邊的黑袍出庭吧，陳濟之律師，記得在左胸前、靠近心臟的位置扣上你的琺瑯徽章：它藍白相間，象徵青天白日；它四圍方角中心橢圓，象徵既方正又圓融；它白底黑字的「上海律師公會會員證章」，象徵黑白分明；它中央的天平、書卷和毛筆象徵公平刀筆和煌煌法典；它甚至還採用了法國最時髦的藝術流派「立體派」的風格，不僅摩登，而且獨立。把它翻過來，背面鏨刻著 0871，這才是你，你這個數字。

妻子在結婚後第六個月懷孕，預計一九四一年十月二十四日生產，現在是九月三日，唐紹儀的三週年忌日，但整個上海恐怕沒有一個人還記得他。希特勒都打到列寧城了，上海人正忙著準備四天後的中秋節，誰會記得一個枉死的前總理。

所以當我在永安百貨訂好一輛嬰兒車，出來信步走到漢口路，在「潔而精」川菜館裡聽見鄰座一個男人的聲音講出「唐紹儀」三個字時，我真以為這是上天安排的某種超自然異象，類似古人說的「還魂」。那一瞬的驚悚似有電流貫穿全身，好在只是一瞬而已，我聽出那是袁如方的話音。

他果然在賣弄自己鏡箱皮匣上的割痕，這「英雄勳章」夠他吹噓一輩子了。我幾乎想要過去戳穿他，卻聽見一個女子的聲音，很地道的國語，連珠炮似的打斷了他：「請你不要再講這件事了！暗殺是什麼光榮偉大的事業嗎，值得一而再再而三地講？人類號稱是宇宙的精華、萬物的靈長，結果在二十世紀做的事和兩千年前的暴君是一樣的，不丟人嗎？」

我簡直能聽到袁如方尷尬的呼吸，多虧餐館老闆正好走過來，問道：「孟小姐，還是一份燈影牛肉帶走？」

她的語氣明顯和緩下來，似乎還有點傷感：「兩份吧，我帶一份在船上吃，以後……以後可能都吃不到了。」

老闆隨後來為我點菜，用眼神示意我聽鄰座「衝殼子」，他用誇張的嘴型無聲地講了兩遍這個詞，看起來很像動畫電影《荒唐交響曲》裡那隻米老鼠。四川人總有一種與生俱來的幽默感，就像他們做的菜裡總有活色生香的調味料。吹牛就是尋常生活的香辛料。

袁如方講自己前天為電影明星郭少坤拍照的事，他那種狂熱得近似瘋癲的腔調一如既往：「少坤哥要演新華公司的《秦始皇》，特別大成本、大製作的一部戲，准定能轟動，將來要傳世的！比《亂世佳人》還經典！可惜蝶姐去香港了，不然她倒是可以演女主角。」

「秦始皇的女主角是誰？孟姜女嗎？」她冷笑著把筷子重重一擱，快言快語地說，「我真是不明白，你怎麼對皇帝的興趣這麼大？也不止是你，我覺得這整個國家的人，對皇帝都有一種喪心病狂的癡迷。就連皇帝喜歡的那些女人，都能拍成一部戲，這個貴妃那個皇后，翻來覆去拍了又拍，不覺得厭煩嗎？你在法國待了那麼多年，怎麼一點也沒學到法國人『視君王如糞土』的精神呢？」

親身見證吹牛被戳破真是難得的人生趣事，但我更好奇的是袁如方為何能與這位孟小姐同桌吃飯。他倆一人站在山巔，一人蹲在谷底，這種交流對雙方而言未免都太費勁，然後他們開始講骨董。

袁如方感謝孟小姐先前帶他去看一批古畫，「那些畫是真好啊！都是宋元的，最晚也是明初，不愧是宮裡帶到天津去的，厲害！那位公公要的價錢也厲害，哈哈哈！不過，我有個朋友，很有力量的，他把那些畫一塌刮子全買下來了！我同你講，」他稍稍壓低了聲音，「昨天有個京都來的博士，親自去我朋友家看那些畫，尤其是那幅《九龍圖》。」

「這說明什麼？」

「說明我朋友是個『人物』啊！」

這句話蠢得令她嗤笑出聲，袁如方卻沒有察覺，還在繼續講。所有自吹自擂的人都是如此，只看得見自己臆想的榮耀，只聽得見自己吹噓的狂言。「日本博士說，《九龍圖》上面蓋的那個乾隆的印，就是那個，嗯，那個，『八徽耄念之寶』特別好。」

孟小姐大聲咳嗽起來，咳得非常勉強，像是在生硬地掩飾她的嘲笑。袁如方斟了杯茶讓她平復一下，她卻換了一種鄭重其事的口吻說：「我跟你講正事吧。我們用法語講。」

這位孟小姐的法語相當不錯。我曾在法國人辦的教會學校念過書，後來雖然去了美國留學，法語也沒有完全荒廢，於是很幸運地聽懂了她的話。她有一位在軍統做情報研究的朋友，最近得到了一份情報：日本正與蘇聯談判，想以橡膠換取蘇聯的木材。問題是日本並不產橡膠，如何做這樁交易？查看全球橡膠產地，離日本最近的是南洋諸島，而美軍駐守南太平洋的軍事基地位於珍珠港，所以日軍一定會襲擊珍珠港，以此獲得南洋的橡膠。「日美很快就會開戰，不會再有什麼『租界』什麼『孤島』了。我明天就坐船去紐約，你如果不願意跑那麼遠，可以先去香港，或者新加坡，然後再去美國。」

袁如方一言不發，大概是他的沉默讓孟小姐有點著急，索性直截了當地用中文問：「你是不是沒聽懂？Caoutchouc，橡膠，你懂這個詞嗎？」不待他回答，她又以更簡單、更慢的法語講了一遍。沒想到他卻用磕磕巴巴的法語反問：「如果日本要打美國，你幹嘛還去美國？」

「算了。」她嘆了口氣站起身，「大慈悲不度自絕人。」話音未落她已快步往外走去。我這才看見她的樣貌，她果然穿著淺灰色西式長褲，緋紅的喬其紗襯衣，領口的飄帶有點鬆散了，經過我身旁時，飄帶正好拂過卡座的磨砂玻璃邊緣。我忽然覺得喉嚨很緊，很用力才嚥下嘴裡的一口茶。

她到了門邊又折返，去櫃檯拿了她的燈影牛肉，提在網線袋裡，回身走到袁如方面前，一字一句很清晰地對他說：「八徵耄念之寶，那個字是『徵』不是『徽』。袁博士，你先把字認對，再做個『人物』吧。」

如此直白的當面譏諷，袁如方卻不明所以，糊里糊塗地「哦」了一聲，她又微笑著說：「日本人看畫，最多看到沈銓、石濤，再往上他們就不懂了。你懂得沈銓、石濤嗎？你是不是只知道乾隆？你繼續捏著鼻頭做皇帝夢吧！」

她離去後，餐館的玻璃門還在來回輕晃，將傍晚的喧囂市聲一陣陣送進來。隔著玻璃門望出去，街上的行人、電車、摩托、腳踏車影影幢幢，宛若一幅過於抽象的立體派油畫。這場滑稽戲帶給我的歡樂很快消逝了，我只覺得手中的白瓷茶杯異乎尋常地薄而輕，似乎虎口稍微用點力就能把它捏成齏粉，正像租界這座靠外人餘威庇佑才僥倖殘存的孤島。

袁如方也從我身邊走了出去，他瘦削的臉上滿是倦容，彷彿剛摘下一副箍得太緊的面具。他仍舊穿著一件極闊大的黑色風衣，背影酷似一隻烏鶇鳥，張口就能夠模仿出牠聽過的其他鳥鳴，同時融入牠自己的尖嘯、顫音和啼轉，一溜身就撲進鬧市的洶湧人潮中不見了。

開戰至今四年多，每天都有數不盡的消息和流言到處散播，但不知為何，那一刻我卻對這位孟小姐的話深信不疑。或許有的人確實能夠預見未來，他們是先知，也是歷史。

我回到家才知道妻子進了醫院，因為下午她已有分娩的跡象，娘姨和司機都跟了過去。我在產房外等了一整夜，東方將明時，我去茶水間取了杯咖啡，隨手翻開茶桌上《上海週報》的「內地通訊」特刊：「這次從上海到重慶的旅行，讓我意識到中國人的生存力量是多麼強大！我們進山去了好幾次，看到一些農民的家庭，他們住在茅草棚裡，吃的只有糙米和豆腐渣……國民有如此強的生存力，是不可征服的。」

我想像不出豆腐渣是什麼顏色和滋味，一位年輕的看護喜孜孜地過來向我道喜：生了一位千金。粉色襁褓裡的嬰兒看起來不像「千金」，更像是一條皺巴巴的大蟲子。這位小千金帶來的第一份禮物是黃疸。

終於等到她黃疸褪去，我才尋得一個清淨的機會，跟妻子商量去美國。雖然我給她看了紐約朋友發來的電報，歡迎我們過去定居，妻子還是絕不同意帶著「這一點點大的小囡」背井離鄉。我每日憂心忡忡地煎熬著，「Caoutchouc（橡膠）」「Pearl

Harbor（珍珠港）」這兩個詞像定時炸彈一樣無數次在我的噩夢中爆響。直到十一月中旬，過完了妻子的二十五歲生日，她總算答應先去香港住一段時間，就當是休個長假。

歲末年初的香港，大概是整個中國最像天堂的地方。氣候宜人得彷彿是南歐的地中海小城，山海之間的淺水灣也讓人想起舉世聞名的義大利阿瑪菲海岸，但南歐已被法西斯占據，香港卻沒有絲毫的戰爭陰影——只要你不去注意淺水灣沙灘上的倒鉤鐵絲網，以及海濱那一排排私家游泳棚背後隱藏的機關槍巢，還有三天兩頭響起的防空演習警報。

這裡的自由像陽光一樣肆意傾撒，從租界那塊巴掌大的飛地來到香港，起初好幾天，我都難以適應這種無憂無慮的自由。我和妻子長久躺在沙灘上，仰望海鷗和軍艦鳥如飛梭般在天幕和樓宇間翱翔，我們的手握在一起，幸福如手中的細沙一樣輕輕落下，妻子說這才是真正的「蜜月」。我們猶豫著是在香港過耶誕節，還是去紐約過，正好女兒生了鵝口瘡，帶她看了醫生，次日我便去改換船期，決定等她病好後再走。

那天是十二月七日，星期天，我改好船票後去給紐約的朋友拍電報，隨後把女兒託付給半島酒店的保育員，同妻子去百貨公司買了些禮物，準備帶到美國送給朋友。百貨公司裡有好幾個聖誕老人在跟小朋友們拍照，妻子開玩笑說，香港的聖誕老人瞧著都比內地的要洋氣些。

下午我們搭了一個小時的火車去九龍郊外野餐，我開了一瓶 Ruinart 香檳慶祝這些天的美好生活，我們帶的麵包、火腿、牛肉、糖果都太多了，妻子把沒吃完的全送給了附近的村民。我和一群來郊遊的高中生打了兩局排球，直到夕陽把周遭幾株洋紫荊的滿樹紫花都染成了金紅色。我滿身大汗地躺在草地上休息，忍不住想，如果將來在紐約遇到那位孟小姐，我一定要好好感謝她，要請她來我家花園裡喝杯酒、聊聊天，就像此刻這樣，夕光映照著我們的香檳杯，燦然如金。如果她有孩子，我們的孩子也會成為朋友……

回半島酒店的路上，妻子望見附近有家影院九點的夜場是《史密斯夫婦》，那是她最喜歡的美國導演希區柯克的電影。但我奔走了一整天，累得一進房間就倒在席夢思床上睡著了。如果我陪她去看了那場電影，我們就會看到，映至中場時，銀幕上出現緊急通告，要求所有士兵立刻歸隊。

那是最後一記喪鐘。

①于右任（一八七九—一九六四），國民黨元老，擔任監察院院長長達三十四年，精於書法，時人多尊稱其為「右老」。

②摩根大通集團，著名的美國金融機構，英文全稱為 JPMorgan Chase & Co.，王小姐因不懂英語，故有「雞批鴨批」之語。

③義大利著名汽車品牌 Fiat，現譯為菲亞特，本文採用當時譯名「飛霞」。

貳

一九四一年十二月二十五日，耶誕節，香港半山一〇三號防空洞幽黑如礦井般的深處，突然冒出一束刺目的白光。數以萬計像沙丁魚罐頭一樣塞在洞裡的人群窸窣窣地挪動身體，給這束光讓路，洞內濃烈的屎尿臭氣被攪動得愈發嗆鼻，卻沒有一句話音。五六萬人在黑暗和惡臭中保持著一種浩大的緘默，猶如一群被切除了腦袋卻依舊排列整齊、行動劃一的昆蟲。

那束光上下左右地不停搖晃，它快要照到我面前時，我才看清那是個矮小的日本兵，軍服馬褲，左手拿著一枝手電筒，右手緊緊按著腰間的手槍，急匆匆穿過整個隧道般的防空洞。他大概只有十七八歲，從我身邊走過時，我甚至能看清他臉上驚惶困惑的神色，似乎連他也想不明白，究竟誰應該感到恐懼，是他，還是成千上萬的我們？

那時，我和妻女已在防空洞裡生活了整整十七天。日軍攻打九龍當日，港九交通即已斷絕，我們在半島酒店保育員的幫助下，找到一隻小舢板，偷渡來港島。我們的行李被九龍岸邊趁亂搶劫的流氓悉數劫去，幸虧保育員預先幫我們把鈔票、手錶、金飾、自來水筆全都縫在外套夾層和褲管、上衣的褶邊中，才留下一點生存費用。九龍擺渡到香港，戰前只需八分鐘、票價一角錢，那天用了半個鐘頭，船艙中有兩個流氓敲詐，上岸時又遇到一群流氓勒索，足足花了八十元港幣。

起初兩三天，防空洞的條件是相當不錯的。水泥地面、鋼條拱頂、通風通電，洞內有桌椅條凳，還設有廁所、救護站和醫護人員。每天都有小販穿過炮火運來粥飯和罐頭食物售賣，那些從前住在山頂豪宅的闊佬們，仍舊支使女傭往來奔波，為他們張羅一日兩餐和茶水點心。一位熱心腸的女傭見我們完全不懂照顧嬰兒，主動過來教妻子如何給女兒餵牛奶、拍嗝，她倆語言不通，就比劃著交流。當天午後她來給主人送下午茶時，用熱水瓶裝來一種湯水餵女兒喝下，如此數日，女兒的鵝口瘡居然好了。

防空洞的情形卻急遽地壞去，人愈來愈多，各人據守著自己的木凳、椅子或者屁股下半尺見方的地面，稍有移動，這寶貴的地盤就會被他人占了去。因為吃得很少，大便幾乎是沒有了，小便就地解決，日夜坐在濕漉漉的地上，全然不以為意。

洞口很快堆滿了垃圾，偶爾也有幾個嬰孩的小小屍體。某天一個女人受不了洞內令人窒息的惡臭，剛走出洞口幾米，便被飛來的一枚炮彈炸死。她丈夫跪在屍體旁呼天搶地痛哭了半天，夜裡卻悄悄走了，大約是沒錢買棺材的緣故。也許防空洞附近的野狗並無饑饉之虞，這屍體完整地擺在洞外三四天，漸漸發黑潰爛，最後還是洞內眾人湊錢，才找人將她搬走。妻子看見這慘象，哭著讓我反復發誓，如果將來她死於非命，我一定不要將她棄屍荒野。

後來全香港斷電斷水，我用十元港幣買了兩隻熱水瓶裡的開水給妻女，自己出洞去找水。日本人的炮彈在山上炸出許多大坑，有些坑裡會滲出黃濁的山水，在轟炸較少的傍晚，便有成群結隊的人帶著餅乾罐、汽油箱、酒瓶、木桶……去獵取這泥水。我的取水工具是一隻搪瓷漱口杯。

我用漱口杯舀到水已是半夜，索性坐在炮彈坑旁過夜。半山的視野極佳，夜氣涼爽，月光清皎明亮如水銀瀉地，望得見九龍荔枝角美孚油庫燒了幾天幾夜的熊熊大火，火舌升騰的濃黑煙幕遮蔽了半邊天空。探照燈的光束似一條條銀蛇在夜空裡蜿蜒移動，數不盡的紅色槍彈在港九兩岸突飛，劃出無數道絢麗的光帶，交錯織成一張籠罩海面的豔紅色光網。沒有任何語言能夠描述那樣壯麗的夜景，彷彿是活著看見地獄。我從千里之外的上海，來奔赴這人間地獄。

耶誕節次日，日軍驅散防空洞內所有人員。我們出了洞卻沒有去處，幸有那位女傭帶我們去她家，旺角新填地街一座唐樓①，三四戶人家疊床架屋地住在一起，好似上海的弄堂房子。她弟弟一家也同他們住在一起，弟媳剛生了第二個小孩，看見我們來到，她主動抱過哭鬧的女兒給她餵奶，就像與我們已熟識多年。妻子流著淚把自己的黃金十字架掛在弟媳頸上，那是她十四歲行堅信禮時，一位修女送給她的禮物。

香港滿街垃圾堆積如山，磚瓦焦木、大大小小的炮彈殘片和沒爆炸的完整炮彈隨處可見，被炸斷的電車電纜從半空中垂掛下來，有手指那麼粗，拖在馬路上十餘米長，猶如上天拋下的黑色絞索。每座陽台上都像晒衣服一樣挑著一面太陽旗，仔細看看，絕大部分是在白床單中間用紅油漆畫了個圓形圖案。

空氣中瀰漫著汽油和鋼鐵高溫燃燒後的氣味、刺鼻的硝酸味和垃圾腐爛的味道，大群紅頭蒼蠅像密集的子彈一樣直撲到臉上來。我從沒見過如此碩大的蒼蠅，一不留神差點踏到一具餓殍屍體，忽然想起幾年前在《上海生活》雜誌看過的一則笑話：「食客：『為啥今年的大閘蟹特別肥？』賣家：『都是人血人肉養的嘛！』」屍體周圍就是食品檔和賭博攤，人頭攢動、叫嚷喧鬧，每個人看上去都像一具行走的棺材。遠東最繁華最現代的都市，就這樣變成了一場大型恐怖奇觀。

街道兩邊的店鋪全都緊鎖大門，但噼里啪啦的打麻將聲卻從每家每戶響亮地傳出來——我習慣了槍炮的耳朵甚至誤以為那是機關槍的聲音。那時我還不懂得，戰爭不僅意味著屍橫遍野和「今日不知明日事」，更意味著以加倍的娛樂填滿每一個苟活的瞬間。

米愈來愈難買，甚至連黑市都買不到，很快我就知道豆腐渣的滋味了。豆腐渣真是很好吃的，如果你吃過蕃薯藤的話。吃過幾次水煮蕃薯藤之後，牙齒舌頭都是綠色的。儘管日本人在香港大肆「徵用」，但糧食物資還是捉襟見肘，就連街上巡邏的日軍也大多穿著打補丁的破舊軍裝。於是日方開始大舉疏散香港人口，返鄉者需要先去同鄉會登記。

江浙同鄉會辦公室設在四樓，排隊登記的人從四樓一直延伸到人行道上。我從早上六點排到中午，仍然站在馬路上，天氣晴暖得彷彿是小陽春，幾個身量高大、西服挺括的英國人說說笑笑地走過去，衣袖上掛著「大日本軍民政部」的臂章。我正在恍惚地想這些人算不算是「漢奸」，胳膊被人攥住了，耳邊響起一句國語：「陳律師！你怎麼會在這裡？」

她黑瘦高挑，身穿一件灰棉袍，腦後挽著低低的髮髻，提著一隻手巾包，如果不是一口帶著北京腔的國語，完全就是一個本地的教會女子。「我是郁風啊！陳律師，前年我父親被日本人打死，承您的情，幫我們家料理喪事。」我這才想起來，她是法官郁華的長女。她告訴我目前的三條離港路線，其中最安全但比較辛苦的，是從惠陽上溯東江到老隆，再去往桂林或者貴陽、重慶。她和幾個朋友正打算走這條路，如果我們願意，歡迎與他們同行。

我和妻子都以為，經歷過香港淪陷的地獄，不會再有更難更苦的境遇，但這次逃亡的艱辛還是遠遠超乎我們想像。同行的男女老少都穿著廣東勞工的藍布短衫，背著包袱行囊、手提藤筐，裝扮成回鄉難民的模樣。我們從九龍步行到寶安，第一天走了七十多里山路，到了目的地累得倒頭就睡，翌日清晨有隻大公雞站在我胸口上打鳴，睜眼一看，才發現大家都睡在一家農戶的柴堆上。

同行眾人都用的化名，三天後渡過深圳河我才知道，身旁這個絡腮鬍子土匪模樣的人是劇作家夏衍；前面背著大包袱、弓腰拄拐，被大家戲稱為「駱駝」的老頭是著名音樂家盛家倫；而一個用鍋底灰塗黑了臉，提著破竹筐撿煤渣的乞婆，竟然是那位電影皇后，莊蝶。到了寶安之後，他們有的暫留在當地，有的轉道去肇慶，莊蝶夫婦被中央賑濟委員會派來的專員接走，我和妻子按原計畫和郁風等人一道前往惠陽。

我們到達惠陽時，日軍剛掃蕩過惠陽城撤走，那天是北方人所謂的「小年」，山間廟宇的晚鐘悠遠傳來，讓我想起離開香港那天，經過堅道時正好聽見教堂六點的晨禱鐘聲。然而，當你看見老弱婦孺的屍體漂滿整個東江江面，這輩子就不可能再信仰任何一種宗教。

幾天後的大年初三，我們在這條江上坐木船，從惠陽逆流去老隆，四十三個人擠在巴掌大的木船裡整整十二天。妻子在這段行程中感染了瘧疾，誰能想到華南的冬天竟然還有瘧蚊呢。

她死在一個叫做「韶關」的地方，在我的記憶中，那個地方不是韶關，而是昭關，伍子胥的昭關。我清楚地看見一個披散著滿頭白髮的瘋男人，奔跑在各色各樣的屍體中：缺了半個腦袋的、沒了胳膊腿的、漏出腸子的、掛在樹枝上的、壓扁在坦克車輪下的、燒焦在草棚裡的……我就是這個男人。妻子被埋在韶關郊外的一塊荒地中，我甚至來不及給她買一口棺材。挖坑的兩個村民說，如果不及時下葬，很快就會有人來扒走她身上的衣物，「如今是打仗，剝死人衣衫發財的爛仔唔知有幾多！」

女兒昭暉卻奇蹟般地活了下來。從桂林逃往貴陽時，我和幾個朋友蜷坐在火車的車廂頂上，車頂捆滿了汽油桶，我用當地農婦背小孩的布兜把女兒縛在胸前，背靠著一隻汽油桶，熬過了三天四夜的暴雨日晒和轟炸警報。我最終到達重慶時已近中秋，昭暉都能開口喊爸爸了。

重慶的生活有一種怪異的摺疊感，彷彿是把一座四合院的所有家什全部塞進一間公寓房子。立法院、司法院、內政部、警備司令部都在一棟樓裡辦公，還能擠進來一個蒙藏委員會；人類發明過的所有交通工具同時出現在一條狹長的街道上：騾車、馬車、板車、自行車、黃包車、轎子、滑竿，還有以汽油、酒精或者木炭為燃料的各式汽車，你跑去防空洞躲警報時在黃泥路斜坡上跌個四仰八叉，望見義大利飛霞公司造的「鸛鳥」轟炸機從天空呼嘯而過。

早幾個月到重慶的影后莊蝶，現在不得不做了某位政要的情婦，多虧了我們共同逃難的情誼，她保薦我進入一家律所做事。沒過多久，卻因為我搶了原來律師的主顧這種莫名其妙的緣故而生出許多罅隙。這也是重慶最常見的一種異象：跋山涉水逃出命來的高級知識分子們，剛得到一線喘息之機，轉眼間就主動或被動地陷入潑皮無賴般的爭鬥和謾罵中去。

我原以為大家經過戰火的「洗禮」，會變成更純粹、更高尚的人類，現在才知道沒有任何東西能夠洗禮人性，戰爭不行，宗教不行，甚至教育也不行。容忍這一切吧，畢竟在重慶「討老婆比租房子容易，租房子又比找工作容易。」

我娶了一位本地女子為妻，四川女人真是這個民族的瑰寶，她們是在槍炮下也能笑著過日子的人。她在我們竹篾泥牆稻草頂的「國難房」旁邊整飾出一小塊菜地，不僅餵雞養鴨，還養了一隻羊，讓昭暉每天都能喝到新鮮的羊奶。重慶多雨泥濘，她縫製好布鞋後會用桐油塗刷鞋面鞋幫，並在鞋底打上釘子防滑。

她所有的家人都死於三年前的大轟炸，她因為去朝天門碼頭接同學才躲過一劫。敵機離開後，她和同學沿著碼頭的幾百級石階慢慢往高處走，愈走地上的屍骸就愈多。她嚇得滑倒在台階上，一截斷臂滾落到她臉旁，那斷臂的手中握著一隻精巧的小皮包，手指還在微微顫動。她用重慶口音的國語說，「你沒有見過那種景象，你都不曉得有多慘。」

我見過的，在香港、在惠陽。直到今天我還能聞到空氣中那股黏膩微甜的血腥味，那氣味濃烈得幾乎具形具象，我都能用嘴唇嘗到它。我很不幸地嘗過那氣味，更不幸的是，嘗過那氣味之後，我還活下來了。

妻子常說：「今年的轟炸少得多了，可以好好過日子囉。」但轟炸機仍然不定期地飛來，有時是炸成都，有時是炸重慶郊區的軍工廠。我去《新民報》辦事時正好遇到緊急警報，便同報社員工一起跑去報社自備的防空洞。他們的洞子裡桌椅文具、電燈電話俱全，勤勉者在洞中可照常辦公，享樂者也不妨喝喝茶擺龍門陣，順便搓幾圈麻將。

有桌麻將三缺一開不起來，其中倆人便打起了橋牌，剩下一位扁臉油光，身穿中山裝，看上去半儒半商的中年男子。他過來遞給我一根煙，使館牌，不是什麼刀牌船牌，更不是本地土產的捲煙。他是司法行政部部長謝冠生的祕書，曾在法國留學。我們從埃菲爾鐵塔聊到諾曼底的海濱度假勝地多維爾，一直聊到暮靄蒼茫，望見遠處警報台上掛起長條形的綠燈籠，像一幅烏煙瘴氣的水墨畫中突兀地冒出一抹石綠色山尖——這是警報解除的信號。他站起身對我說：「陳先生，您在小律所做事未免太屈才了，我們前幾個月剛設了人事司，我看您很可以做得起一位參事。」

我進入司法行政部讓妻子極為振奮，她認為這是做官了，做了官就可以領到政府配給的平價米，儘管平價米裡摻著許多稗子、沙子、糠和老鼠屎。但這份工作最令我振奮的不是平價米，而是夢想。

一個吃糠咽菜的人居然在談夢想。沒錯，謝部長是這樣講的，因為從去年開始，全國非淪陷區所有省份的司法經費均統一從國庫劃撥。「這是本部在民國十七年就提出的原則方針，現下終於得以施行。本部誓將在最短期間內剷除縣政府兼理司法這一不良制度，在全國各縣普設地方法院，建立真正現代、完備的國家司法體系。」他的國語帶有輕微的江浙口音，聽起來很有文士宰執的派頭，偶爾加入幾個恰到好處的法文英文術語，又讓人聯想起盧梭和傑斐遜一類的人物。

你既信仰了這位「人物」，就去踐行他的話語。我於是頻繁出差前往各種偏僻縣城，考核法官和檢察官人選、查驗新式監獄建設。這是一份很多人羨慕的工作，因為往來時可以順便跑單幫賺錢②。

羨慕的人不知道康定縣的旱廁在十月底就會結冰。旱廁門口支著幾根木棍，你得用木棍把已凍成鐘乳石形狀的糞便鏟掉，才能蹲得下去。鏟糞的力度和角度都得注意，否則混著糞便的冰碴會飛濺到你的眼睛裡、嘴唇邊。我正在小心鏟糞時聽見旱廁牆外有人聊天，聊到謝部長多年來一直是中統 CC「司法黨化」的忠實擁躉，不僅在司法系統裡安插了大批中統特務，還在原本就不睦的司法界元老居正和王用賓之間搧風點火，直到「日本人打來的那年，姓王的被趕出司法界，姓謝的就頂了他部長的位置，這一招鷸蚌相爭、漁翁得利，玩得多麼漂亮！」

司法界向來講究派系門戶，北洋政府時期就有留日派和留英美派明爭暗鬥，到了國民政府，在日英美都留過學的王寵惠當政，一手提拔上來好些留法派，以對抗居正在司法院建立的「湖北幫」。等到謝冠生掌權，他更是棋高一著，不僅重用他的留法同學，還適時安插進幾個毫無背景的外人，以彰顯他選賢任能的英明。

所以我甚至算不上派系鬥爭的一枚棋子，只是棋盤上的一個方格，黑白雙色的棋盤格，如同我穿過許多年的律師袍。我就披著這件莊嚴肅穆、皂白分明的袍子，夢想著把滿地糞便蛆蟲一點點清理乾淨，夢醒了定睛一看，唯一的工具只有手中這根沾滿屎尿的木棍。早年間一位篤信伊壁鳩魯學說的法國朋友有句口頭禪：「生活就是一條很長的屎。」[3]我直到站在西康的旱廁裡，才痛徹地懂得這句至理名言。

我究竟是怎麼落到這般田地的呢？我雖然一時想不明白，卻出乎意料地發現，自己竟有勇氣把滿腔悲憤壓下去，並且在幾個小時後和這幫人走進縣城最好的餐館，推杯換盞間吃完了一頭極美味的烤全羊。

烤的那隻羊羔倒是不貴，烤牠用的炭卻要好幾百元，因為木炭都被徵用為軍車燃料了，現下奇缺，總不能燒牛糞來招待我們這些重慶要員。這就是我們最偉大的智慧，我們能夠容忍一切不能容忍的事物，除了食物。所以這個古老的國度裡總有最美味的食物，也總有最腐敗的政體。既然大人物們對待我們如魚肉，我們就只能轉頭去烹飪魚肉。

這塊土地上不可能生出傑斐遜和盧梭，更不可能生出啟蒙運動，這裡只盛產擅於勾心鬥角和享用飫甘饜肥的官員。他們居然能從每張六毛五分錢的民事狀紙和每張三毛四分錢的刑事狀紙中賺得盆滿缽滿，讓你不得不佩服他們的「智慧」，幾千年來薪火相傳的「智慧」。我曾在沙坪壩一家舊書店翻到一本三百年前的話本小說，書中有這樣一段話：「你要進衙門，先要吃一服洗心湯，把良心洗去；還要燒一份告天紙，把天理告辭；然後才吃得這碗飯。」——④

我吃著這碗飯時，也會儘量遴選那些看起來清正剛直的人做法官和檢察官，雖然我知道他們清正剛直不了多久。任何人一旦落入這個國家的司法體系，都像蒼蠅落入糞坑，必須在其中繁衍生息。但你還是天真地存著一線希望，哪怕自己的夢想早已化成糞土，卻希望把稍微好一點的世界留給下一代人。

可是下一代人都陸續死去了，就像我一歲零三天的兒子，死在一九四五年夏天重慶那場大霍亂。

從未經歷過戰爭的人會以為，戰爭是一場接一場的廝殺，其實戰爭絕大多數時候是看不到盡頭的漫長等待。當然，你可以把這種空茫的等待分割成很小的單位，比如等待下一次警報、等待下一圈麻將、等待下一個孩子，或者等待日本人再攻占一座城市，等待政府遷都蘭州，又或者，等待遙遙無期的勝利。

整個國家都在「坐以待勝」。委員長打算撤回緬甸遠征軍，以此保存實力、坐等美國擊潰日軍；高官們辦酒席時，會通過駝峰航線從加爾各答轉運來美國的鮮活龍蝦，次一等的也要空運來陽澄湖大閘蟹，才足夠有面子；商人們鑽頭覓縫、囤積走私做黑黃白各色生意⑤；謝部長則開始撰寫《戰時司法紀要》，打算等到勝利之後，以此「不世之功，彪炳史冊」。他當然不用自己辛苦爬格子，自有人為他捉刀寫中文版本、英文版本和法語版本，我就是英文版本的捉刀人。

「坐以待勝」的思潮如結核菌一樣擴散到社會的每根血管，麻木的等待好似重慶數月不散的濃霧般令人窒息。等到吃一頓飯需要八千元，等到我一個月薪水只夠買一隻豬蹄，等到我遴選的地院首席檢察官因為無法養家糊口而投井自殺，這苦苦等待的勝利才終於從天而降。

緊隨在勝利之後的卻是前所未有的巨大混亂。政府對勝利毫無準備，民眾也毫無準備，路子最活絡的那批人早已坐著軍機飛來飛去，以內地貶值如廢紙的法幣在上海買入黃金，發了很大的一筆橫財。等到其他人恍然驚覺時，連沈劍虹、張靜江的家眷都弄不到回上海的飛機票，一直熬到第二年春天才坐木船、轉火車回到上海。

我本來並不著急返滬，直到有天晚上因為修理鍋爐全城斷電，我點燃電石燈為小女兒沖奶粉，電石燈嗆鼻的酸臭味薰得她大哭，我抱著她哄的時候瞥見桌上《大公報》右下角有一則豆腐塊大小的新聞：漢奸林柏生已逃往日本，國民政府正與日方交涉，要求將其遣返。

林柏生是汪偽政權的宣傳部長，號稱「中國的戈培爾」。一個湮滅許久的名字猛地從我腦海裡浮現出來，像電石燈那一簇短小而灼熱的火焰在暗夜中突突跳動。第二天我就去找了路子，四天後登上一架 C-46 運輸機回到上海，次日下午來到提籃橋監獄，坐在袁如方面前。

他很驕傲地對我講述他和蝶姐「比親姐弟還要親」的情誼，我打斷他說，莊蝶女士是我從香港逃到內地時的難友，我們在重慶也曾多次見面，「奇怪的是，她從未提起過你這位著名攝影師。」

他竟然沒有一絲一毫的難堪神色，反而馬上說出了另一個名字：「秀瓊，『美人魚』楊秀瓊你肯定認識，我跟她——」

「楊女士早已和袍哥龍頭、川軍師長范紹增在一起了，你是她的密友，怎麼一點都不知道嗎？」

如此幾個來回之後，袁如方終於閉了嘴。他用食指和拇指不停地扯著囚服的袖口，扯得非常用力，我幾乎能看見布料的經緯，便微笑著對他說：「有一位孟小姐，剛從美國回來，她倒是認識你的。」

不待他吹噓自己和孟小姐的交情，我立刻告訴他：「可惜，她並不願為你作保。她還託我把這件東西帶給你。」我從公事包裡取出一張小卡片遞給他。那是他的名片，只不過上面用括號加了一些字：

巴黎索邦大學博士（八年仍未畢業）
倫敦帝國學院經濟學碩士（畢業名冊中查無此人）
（自封的）骨董鑑識專家／著名攝影家（扛鏡箱的人）

袁如方

我示意他把名片翻過來，背面寫著一副對聯：

學混中西，最擅長拉起大旗當虎皮
貴友如雲，只可笑天下無人願識君
橫批：白字博士

他把名片還給我，異乎尋常地平靜，似乎並未受到任何羞辱，很篤定地說：「這不是她寫的，她絕不可能這樣寫。」

「為什麼？你覺得你那些自欺欺人的話能騙得過她嗎？」

「因為她也騙過我！」他差點怒吼出來，但他居然忍住了，或許是因為旁邊站著一位荷槍實彈的獄警。他激動得胸脯劇烈起伏，像垂死的病人在做最後的絕望掙扎。我正想問孟小姐到底是怎樣騙了他，使他這般憤恨，他卻突地彎下腰去，窸窸窣窣地不知在鼓搗些什麼，很快，他像彈簧刀一樣又突地彈起身來。

「我這條腿，就是拜她所賜！」

那真是一個終生難忘的時刻。我已見過那麼多真實的、流著血或者冒著蛆的殘斷肢體，卻被一條聳立在眼前的假腿嚇得目瞪口呆。它怪異到我的眼球都無法聚焦去看清楚它，只模糊瞧見一堆說不出形狀的金屬、木頭、皮革、橡膠，似乎還有棉布？獄警也嚇了一大跳，拿警棍連連敲打袁如方的後背，用滬語大聲嚷著什麼，好像是讓他趕緊拿走假腿，又好像是讓他老實點，或者二者皆有，無論如何，這可怖的東西從我面前消失了。

袁如方的話語細碎而混亂，可能他只有在自吹自擂時才能口若懸河。我耐著性子聽完，才知道四年前孟小姐帶他去見過一位號稱來自靜園的老太監，說是當年溥儀離開天津時走得倉促，留下了許多書畫，老太監趁亂撈了不少。如今他已是暮年，便想把這些畫換成養老錢。「骨董專家」袁如方將畫作一一看過，歎為至寶，遂說服一位闊佬朋友把它們全部買下，之後辦了個「清宮舊藏珍品畫展」，一時觀者如堵，還引來了幾位研究書畫的日本博士。

日本人提出將這些國寶畫作送到京都博物館收藏，以免毀於戰火，那闊佬豈敢不允，連忙悉數奉上。作為交換，日方給了闊佬一個南京政府裡的閒職，袁如方也由此結識了宣傳部長林柏生，對方很看重他的才華，許諾要栽培他成為海因里希．霍夫曼那樣的攝影師。不料那批畫送到京都後被證實全是偽作，經辦這件事的日本憲兵隊長氣得衝到電影《秦始皇》的拍攝片場，抓住正在為明星拍劇照的袁如方，當場開槍打斷了他的腿。

「你能不能，用這個證明我不是漢奸？」他用力敲著假腿，發出定音鼓般的砰砰悶響，「我都被日本人打斷一條腿了，我怎麼可能是漢奸啊！」

這話愚蠢得令我無言以對，隨手拿起那面花俏的四國旗輕搖了幾下，好像要把它當成扇子，搧走這番蠢話。片刻後我才認真地對他說：「蔡釣徒被日本人砍頭示眾，他也是漢奸；李士群被日本人毒死在酒席上，他也是漢奸。你明白這個道理嗎？」

他直勾勾地瞧著我，嘴巴半張，一言不發，我無法判斷他是在走神，還是用走神來掩飾自己的愚蠢和失望。他用力眨巴了幾下眼睛，看著我手裡的四國旗，喉嚨中冒出一句話：「這種旗子是我們做的。」

我一時沒反應過來，他便指著那面旗子補充道：「這是我們，監獄裡的人縫的。」我笑了笑，放下旗子，近晚黯淡的光線透過窄窗的鐵柵條漏進來，照在我手邊的公事包上，包蓋邊緣處有一塊黑色的汙漬，那是七年前的血跡，唐紹儀的血，也是讓袁如方吹大牛、扮英雄的血跡。今天又是九月三十日了，多麼不可思議的巧合，彷彿整個世界都是上天繪製的一張地圖，人生的每個階段都像等高線一樣層疊再現。

一個月後，我還是託關係為袁如方減了刑，因為林柏生已被押送回國，關押在南京老虎橋監獄。袁如方只坐了一年牢，他出獄的當天，我在監獄門口接到他，立刻拉他上車去往火車站，趕十點半的晚班臥車直奔南京。他還不知道，明天上午，林柏生將會被槍決。

重獲自由讓袁如方極為興奮，但他竭力不表現出來，也不敢問我們要去哪裡，我要他做什麼，只是一遍又一遍地對我千恩萬謝，當我剛開始覺得厭煩，他立刻住了嘴。他演這種做小伏低的戲碼早已爐火純青，他就像餐車僕傭遞給食客擦手的白毛巾，捲成最合適的大小、保持最合適的溫度，使得別人在利用他時，感到無比的服貼和趁手——能夠被「大人物」們利用，是他人生中最大的榮耀。此刻在他眼中，我就是一個了不起的大人物。尤其當我告訴他，現在京滬火車票頭等座是兩萬七千零五十元一張時，他激動得漲紅了臉，恨不能跪下去給我連磕幾個響頭，那一瞬間我已能想見，他將會怎樣跟人吹噓我跟他的交情。

或許是前幾年逃難的緣故，我在火車上總是很早醒來，但袁如方醒得更早，我睜眼時他已坐在窗前，藉著微明的曙光，埋頭研究我借給他的那隻柯達鏡箱。火車穿過寶蓋山隧道時驟然一黑，他像被照妖鏡打回原形的鬼怪，控制不住地低呼了兩聲，瑟縮著抖個不停，大概是這猝不及防的黑暗勾起了他某些可怕的回憶。他還會怕黑，不像我，早已歷盡人世間的種種至暗地獄，見識過最齷齪的計謀、最殘忍的手段，哪怕有人在我背後開一槍，我都能面不改色了。

到達南京下關車站後我們卻不能下車，因為同一列火車上還來了一千多位向政府請願的學生。當局怕鬧出幾個月前下關慘案那樣的亂子，大隊軍警圍守著車站卻不敢動手，更不敢像上次那樣找一幫流氓化裝成難民去毆打學生，局面就此僵住了。學生們從每一扇車窗裡探出身來，大喊「反對內戰，和平建國！」「學生肚子餓，前線炮彈肥！」「提高教育經費！」「我們要求最低營養！」參差不齊的呼喊聲匯成一股巨大的轟鳴，車廂也隨著輕輕顫動，好似一艘木船顛簸行進在枯水期的東江上。

「陳參事，」袁如方輕聲問我，「要不要拍照？」他舉著鏡箱，一副脅肩諂笑的模樣，我趕緊擺了擺手跟他說不要拍。他那尖腦袋還想不明白監獄外的世界，想不明白怎麼僅僅一年過去，「十萬青年十萬軍」的進步學生就變成了意圖顛覆國家的暴動分子。國家是不會為暴動分子浪費一張膠片的。

軍警愈來愈多，也眼見得愈來愈疲憊，有人站得腿酸，小步小步地來回踱著；有人熬不住煙癮，哈欠連天。陸續有穿西服的中年人、穿長衫的老年人來與學生接洽，看他們離去的尷尬臉色，大概是沒商談出什麼好結果。終於等到有人來疏散普通乘客，我帶著袁如方搭車奔到老虎橋監獄，門廳裡等候已久的江姓書記官拉著我快步往刑場走，連聲說：「怎麼現在才到啊？只怕來不及了——」

「砰」一聲炸響破空傳來，我們都刹住了腳步。我還來不及懊惱，袁如方卻已經拖著一條假腿，以一種不可思議的矯健循聲跑去。

處決林柏生不對公眾開放，監獄刑場上只有首都高院檢察處的檢察官陳繩祖、監刑官、典獄長、法警與兩三位記者。我聞到一股奇怪的刺鼻氣味，過後仔細回想，才明白那應該是第一顆灼熱的子彈擦過林柏生頭部皮肉毛髮的焦糊味、血腥味和失禁的臭氣。但那一刻我想不到這些，只望見一個半腦袋血糊淋漓的中年男人趴在瓦礫地上，他手腳都沒有被捆綁，看得清他藏青色長衫下的華絲葛西褲、灰色棉襪和黑皮鞋。

「哈哈哈，他還沒死呀！」袁如方像是從地下冒出來的一株毒蕈，搖搖晃晃地又歡呼了一遍「他還沒死！」同時朝著林柏生的臉「咔嚓咔嚓」拍了一連串的照片。林柏生雙手撐地，奮力挺起上身，那姿勢像極了體操運動員繃緊全身肌肉支撐在鞍馬上。

他應該也看見了袁如方，瞪大了雙眼，嗓子裡迸出一聲令人毛骨悚然的尖叫，帶著泡沫深紅色血液從他的鼻孔和嘴巴直噴出來。這聲嘶喊讓一旁怔住的法警回過神來，大步上前補了一槍，紅白色的腦漿飛濺而出，有一大塊濺到江書記的西服前襟上，他本能地抬起手想用袖口拭去，手抬到胸前卻又僵住了，遲疑兩秒之後，他彎下腰大聲嘔吐。

這似曾相識的一幕讓我感到一陣中暑般的氣悶，隱約有暖風送來一絲幽微的甜香，桂花蒸，又是一年了。我扶著江書記往外走時，望見正在拍照的袁如方順手撿起了崩落在地上的兩枚門牙。「這是林柏生的門牙哦！『中國的戈培爾』，從前的宣傳部長、安徽省省長！曉得吧？子彈從他後腦勺打進去，嘴巴裡飛出來，你們看看，門牙都打掉兩顆！」我坐在去下關車站的黃包車上，想像著過兩天袁如方拿著門牙跟別人炫耀的樣子，正自好笑，卻看見請願的學生三五成群地攙扶著蹣跚而來，有幾個頭破血流的青年男女還在啞著嗓子大喊：「反饑餓、反內戰、反迫害、反獨裁！」

二十年前我也是這般模樣，我也被警棍打過、被皮鞭抽過、被水槍衝過，做了二十年的黃粱大夢，最終只留給我一個吹牛大王袁如方。

他拍的那組照片極具衝擊力，怒目圓睜、瀕死而未死的林柏生照片占據了次日所有報紙的頭條。漢奸是一時半會兒審不完的，袁如方的照片也源源不斷地產出，他不僅能把公審周佛海的照片拍出卡拉瓦喬式的光影效果，更能把巡視漢奸監獄的謝部長拍出長衫翩翩、玉樹臨風的氣韻。許多精心撰寫的文章配合著那些照片一起發表，展示司法人員在謝部長的領導下多麼高效有序地進行著審奸工作。

袁如方就這樣成了司法行政部免費的編外員工，沒有人問過他住在哪裡、靠什麼生活，大家都默認他既然瘦得像一隻蟬，那麼靠吸風飲露就能活下去。謝部長給過他一次拍攝孔宋的機會，對他而言，這莫大的榮耀勝過世間一切錢財珍寶。更何況他也無從知曉，很多司法人員在審判漢奸這幾年裡賺得金銀滿櫃，只要「孝敬」到位，真漢奸也能「不予起訴」；如果不懂得「打點」，哪怕只是被迫做過幾個月的弄堂保長，也會以「通敵利敵」的罪名鋃鐺入獄。

每一次公開處決漢奸戰犯，刑場都是人山人海，民眾們熱淚盈眶地喊完「殺得好！殺千刀！」之後，熱血沸騰地走回家去，花二十五萬元吃一碗牛肉麵，再花一百一十萬元理一次髮。每天出門你都要提醒自己，別去看路邊那一具又一具凍死餓死的難民屍體，從市中心的百貨公司出來，卻看見裝滿缺胳膊少腿傷兵的卡車一輛接一輛地駛過去。

相比之下，我的日子算是很不錯，又趕上我當年在重慶防空洞遇見的那位祕書生病提前退休，我便頂了他的位置。我的升遷自然少不了袁如方的功勞，因為我用他拍照宣傳這件事令謝部長極為滿意——他當然是滿意的，我早已看出，他愛「名」遠遠勝過愛「利」。比如他隸書寫得頗有廟堂氣象，所以他極愛為各處名勝古蹟題寫匾額對聯；比如他的《戰時司法紀要》不計成本地以燙金封面精裝印行。他常說：「個人的事，無一不是空的。」所以他誓要成就中國司法史上的千秋偉業，哪怕到了一九四九年四月，半壁河山已失，他讓我草擬頒布的司法行政部工作計畫仍在強調「務必繼續增設地方法院」。

從上海租界那座孤島漂來臺灣這座孤島，有時候我都能看見自己身上散發出的流亡者氣味，就像流亡在上海的那些白俄。人生很多時候是沒有選擇的，面前的每一條路都藏著不同的陷阱，反抗只會讓你陷入萬劫不復的境地。

我在臺灣司法行政部工作了二十年，講起來只有一句話，卻是我三分之一的人生。謝部長說得很對，「個人的事，無一不是空的」。退休的時候，我那隻麂皮公事包也被磨得油光鋥亮，好像袁如方的攝影鏡箱。

一九七五年的初冬，大女兒昭暉已在紐約定居數年，接我和妻子去紐約過耶誕節。我每週六送外孫女去四十七街的一家舞蹈學校學芭蕾，等她的時候我常會去附近的佳士得拍賣行逛逛預展、看看拍賣。

那天我走進佳士得時剛好遇上一場古典繪畫大師手稿及素描拍賣，拍賣師指著一幅雜誌大小的畫作，正講得舌燦蓮花。那是華托的三色粉筆素描，畫中是一位華服貴婦站在畫廊櫃檯前的背影，婉妙動人。拍賣師對畫作本身興趣不大，他主要在講這幅畫背後跌宕起伏的故事：藏家是一位猶太裔德國畫商，曾在柏林經營畫廊，二戰初期，他設法將自己珍藏的多幅畫作運出歐洲，託付給已移居美國的著名作家雷馬克，直至戰爭結束。

雷馬克，我記得這個名字，我看過他小說改編的電影《西線無戰事》，那是整整四十年前，在海寧路融光大戲院看的。那時沒有任何人相信戰爭已近在咫尺，放映廳只有寥寥數人，大家都去看鬧騰歡快的勞萊與哈台、米老鼠大會，或是凱薩琳．赫本、克拉克．蓋博的愛恨情仇了，誰要看成千上萬的德國青少年在骯髒的戰壕裡像野狗一樣死去。那時政府正轟轟烈烈地推行新生活運動，我剛從美國留學回上海，在漢口路一家律所做練習生，我和同事們常去附近的「潔而精」川菜館吃午飯，我相信我終此一生，誓將深刻改變這個國家數百年來糟糕透頂的司法體系……

這幅雷馬克保護過的素描從兩萬美元起拍，一開始爭逐者甚眾，價格升至四萬美元之後，只剩一位員工的電話競投和我身後的一位競拍者。我身後這人並不出聲喊價，估計是拍賣行的熟客，一個小手勢就能讓拍賣師心領神會。這是拍賣場上司空見慣的景象，我懶得回頭去看此人究竟何等面目，無外乎是大腹便便的美國富商或是一擲千金的日本豪客。

競價到八萬兩千美元時，拍賣師的目光越過眾人，望著我身後笑道：「您確定放棄了嗎，孟小姐？」

我用了好幾秒——也有可能是更長的時間，才確認這不是我的幻覺，不是我日漸衰老的大腦臆造出的白日夢境。她就坐在我的後排，留著傑姬式的蓬鬆短髮⑥，雖然頭髮已經灰白，但容貌保養得極好，眼眸清澈明亮，完全看不出已年過六旬，未曾經歷過戰亂的人果然駐顏有術。

下一幅畫作開拍，她站起身往外走，拍賣師笑容可掬地跟她道謝，她也回頭對他笑著擺了擺手。她走路的姿態竟然都沒有改變，彷彿還是一九四一年九月三十日的黃昏，她恍如先知般降臨到我身旁，頃刻間就改變了我的整個人生。我追出去，在門口卻被車流所阻，一直追到馬路對面，在洛克菲勒中心那株頂天立地的聖誕樹下才叫住了她。

她聽我講述這些年的來龍去脈，不禁一次次驚歎出聲，嘴裡呵出的白霧在寒風中飄散如煙。那是紐約初冬難得的晴好天氣，我們一路散步到中央公園，樹木的黃葉尚未落盡，草地上的寒霜已化成晶瑩的水珠，映照著陽光，點點如金。

她說自己當年到了美國之後，發現彼時流亡到美國的中國人、猶太人都帶來了大量的藝術品，她從中買賣，獲利頗豐。我問她是否曾回過上海，她笑著說一九四九年六月她正好在香港，那時滬港航運剛剛恢復，她坐著渣華公司的客輪返滬，已經能望見吳淞口了，船長卻因風聞前方滿布水雷而折返，「那就是我離上海最近的一次了。」我告訴她我在一九五〇年也帶女兒去過一次香港，想感謝當年照拂過我們的那戶人家，才知道哺育過女兒的那位婦女和她丈夫都被日軍抓去海南島開礦，死在那裡。

兩個黑人小女孩在用薯片餵松鼠，她停下來饒有興致地瞧著，聽到我講出袁如方的名字，她才轉身對我笑道：「很多年都沒有這個人的消息了，他還好嗎？我聽說有一個時期，他跟汪精衛那幫人走得挺近。我在報紙上見過幾張陳璧君的照片，估計就是他拍的，能把陳璧君拍得那麼漂亮，他確實有幾分天才啊！」她嘲諷的口氣也和年輕時一模一樣，我便把我與袁如方的所有往事都講給她聽。到了垂暮之年，無論是饑饉喪亂還是屍橫遍野，我們都可以微笑著講出來了，彷彿那是別人的人生照片集，所有的哀樂悲欣只不過是供你指點評論的素材而已。

聽完故事後，她問我：「陳先生，你說你是一九四〇年年底搬進大西別墅的？如果你早兩年搬進來，我們可能就是鄰居了。」

她生長於滬上富庶人家，原本在東吳大學法學院讀書，計畫要出國留學，不料父親做公債虧本，走投無路跳了黃浦江，剩下她和寡母幼弟，「父親連房子都抵了出去，那辰光的境遇啊，慘得就像彈詞裡唱的一樣。」她不得已去大都會舞廳做了舞女，正好從前跟她父親往來甚密的一位古玩商人有批假畫要出手，她想起袁如方這個冤大頭，便和那古玩商聯手做局，為自己賺到了一筆「重獲自由的經費」。

她騙了袁如方之後於心有愧，正好她從一位軍統朋友那裡得到了日本以橡膠換蘇聯木材的消息，便勸袁如方趕緊離開上海，不料他號稱法國博士，卻聽不太懂她的法語。

「他就算聽懂了也不會走的。」我扶著她站到路邊，讓滿載遊客的馬車駛過去，「我看過他的審訊筆錄，就是在你勸他走的那天晚上，他第一次見到了林柏生。他怎麼可能走呢？他還指望這位『中國的戈培爾』拿出幾百萬元給他拍《吹牛大王歷險記》的電影呢！」⑦

「吹牛大王歷險記，哈哈哈哈！」她重複著這個詞，笑得流出了眼淚，以至於有一瞬間我真切地以為她是在哭。笑過之後她告訴我，袁如方早年曾去北京故宮參觀，那時遊客不多，監管也不嚴，整個太和殿只有一位警員看守，他給了警員一點好處費之後，就躍上寶座，在那龍椅上坐了一刻鐘。「那天之後他就瘋了，總覺得他自己和乾隆皇帝有某種血脈淵源，還說自己遲早能做成『通天』的大事。」

前面街道有許多人在排隊，原來我們不知不覺間已走到大都會博物館門口。「法國繪畫：大革命時代」展覽的巨幅海報在冬日晴明的藍天下極為醒目，海報上是名畫《自由引導人民》的局部：揮舞法國國旗的自由女神帶領著高舉手槍的勞工男孩，踏著滿地屍體奔向前方，撼動人心。

孟小姐佇足凝視海報良久，夢囈般地自語：「其實很多時候，人類社會只有兩種生物：皇帝和螻蟻。可笑的是，當螻蟻做起皇帝夢來，往往比皇帝更瘋狂。」

尾聲

孟嘉若日記

一九七五年十二月六日

今日競拍華托素描未得，深以為憾。

洛克菲勒中心遇一華人男子，自稱係臺灣退休公職人員陳濟之，三十年代曾在滬做律師，與我亦有一面之緣，未知真假，遂同行至中央公園散步。此人呶呶不休、自吹自擂之形狀，極似當年袁如方，其言語多有荒唐悖謬之處，略記數則，亦足一哂。

先時，陳自述：「我最後一次見到袁如方是一九四五年九月三十日。」

待他講完諸多陳年舊事，余詰問之：「既如此，又怎會有你幫他減刑，並且一年後你帶他去南京拍攝槍斃林柏生的事呢？」

陳囁嚅不能出一語。余以實言告之：「陳先生，你絕不可能在日本投降後一個月就回到上海。那位推薦你進入司法院行政部的祕書，他姓田，對吧？作為你的上司，他也要等到半年後才弄到回上海的機票。我怎麼能知道這事呢？因為他兒子就住在我家附近，在三藩市。而且田祕書也不是因為生病提前退休的，他跟我講到過你，不止一次，他對你印象極深。」

陳大笑打斷了我，旋即搪塞說自己年老昏瞶，記錯了許多人和事。又說自己到臺灣後確實再沒見過袁如方，「他那樣的人，不太可能留在大陸，多半是死在太平輪上了。」

袁如方永遠不死，他無處不在，因為任何時代都需要吹牛大王。你不妨這麼說，他就是人類社會。

①唐樓：香港舊式樓宇。

②跑單幫：指個人往來各地販賣貨物的行為。

③伊壁鳩魯（前三四一—前二七〇）：古希臘哲學家、伊壁鳩魯學派的創始人。其學說在近現代被逐漸簡化為「享樂主義」的代名詞。

④引文自李漁《無聲戲》第三回。

⑤黑黃白生意：「黑」是鴉片；「黃」是黃金；「白」是大米。

⑥傑姬：傑奎琳·甘迺迪（一九二九—一九九四）的暱稱，美國第三十五任總統約翰·甘迺迪的妻子，在整個六十年代，她是毋庸置疑的美國時尚引領者。

⑦《吹牛大王歷險記》（Münchhausen）：一九四三年上映的德國奇幻喜劇電影，影片由納粹德國宣傳部長戈培爾下令製作，旨在以最先進的技術、最華麗的視覺奇觀來娛樂大眾，從而轉移民眾對戰爭的關注。耗資高達六百五十萬帝國馬克。

附記

本文主要參考了黃仁宇、陳定山、陶菊隱、陳存仁、鄧葆光、茅盾、薩空了、唐海、馬國亮、巴金、葉聖陶、龔選舞、張緒諤等前輩的回憶錄和文學作品，以及包括唐寶瑢（唐紹儀第十一女）、黃大剛（郁風次子）、顧慰慶（顧毓琇次子）在內的諸多親歷者回憶文章，還有大量研究論文、報刊和影像資料。為小說的流暢性考慮，未能一一註明資料來源，但作者可以保證文中所有涉及一九三五－一九七五年的政治及文化事件、生活細節（服飾、飲食、交通、物價、藝術品等）均信而有證，非為向壁虛造，更不曾倒亂史事。以下是因情節安排而有悖於實情的四處細節：

1. 蔡釣徒死於一九三八年二月四日夜，本文調整為一九三八年九月。
2. 法官郁華於一九三九年十一月二十三日遇害，此時其女郁風已身在香港，並未參加父親的葬禮。

3. Br.20轟炸機：義大利菲亞特公司設計製造的雙引擎中型轟炸機，暱稱「鸛鳥」。二戰初期，日軍曾大量購買此款飛機投入遠東戰役，由於種種原因，一九三九年後日軍不再使用此款飛機實戰，只用作教練機。文中一九四二年的重慶應該見不到「鸛鳥」轟炸機。

4.「法國繪畫：大革命時代」展覽於一九七五年六月十二日至九月七日在紐約大都會博物館舉辦，文中延長到當年十二月。

為還原時代風貌，本文的對話和描述，在不影響閱讀的前提下，儘量使用符合當時地域和語言習慣的詞彙，如：鏡箱（照相機）、骨董（古董）、小開（富二代）、行動人員（特工）、娘姨（女傭）、廚司（廚師）、列寧城（列寧格勒，今聖彼德堡）。

評審評語——

這篇作品最大的特色在於，不是用小說虛構去呈現歷史的細節或隱藏在紀錄後面的真相，而是相反的提示了歷史敘述的根本虛構性。即使是處於歷史現場的人，我們以為應該最可信的見證者，當他們敘述時，仍然會被一分「故事衝動」控制著，特別挑選事件中最為有趣、最為意外、最為戲劇性的部分來說，如此一來，事實經過了選擇，當然不是全貌；二來，事實經過了重組，被刻意賦予了意義，不可能只是客觀的陳述。

這樣的敘述，也因而必然帶有高度的個人主觀性質。不一樣的人會將同一個事件講成不同的故事，廣義地說、誇張點說，也就是每個人都在「吹牛」。

內在探觸了如此曖昧嚴肅的歷史敘述課題，然而小說卻以熱鬧好玩的表面示人，讓讀者可以停留在表面獲取閱讀樂趣，也可以深思得到另一層次的刺激，這樣的寫作成就，極其難得。

——楊照

獲獎感言——

這是我創作的第一篇短篇小說，我從未敢奢望它能獲獎，正如我在三十八歲之前，從未想過自己能寫出五十萬字的長篇小說。

我最愛的華人導演李安說：「有很多人想法很了得，也能言之有物，可就做不下手，一做，著痕跡了，就覺得不夠高妙，久而久之，就不能做了。反而像我們這種笨笨的、臉皮厚的、像小孩一樣的，比較容易入門。」這話於他是自謙，於我，卻是寫照。

我查了容量將近 1G 的資料，最終寫出這篇不到三萬字的小說。當我因查看大量戰時文字和影像資料而出現 PTSD 症狀時，常用前人的一句話鼓勵自己：寫作就像蜜蜂釀蜜，要採一萬朵花，才能釀出一滴蜜。

感謝全球華文文學星雲獎，肯定了這一滴蜜的微小價值。世間沒有任何語言能夠表達我看到獲獎郵件時的心情，那是極其震驚又極其幸福的時刻，有如神蹟。

貳獎

第十四屆
全球華文文學星雲獎
短篇歷史小說

月下渡海

懋透影

自由工作者

學歷——

大學

經歷——

曾獲臺北文學獎首獎

曾獲全球華文文學星雲獎長篇歷史小說叄獎

月下渡海

一．明堂　夏安居

傍晚寺裡開始掌燈的時候，明岩在藥師殿後方的緩坡上，聞到駁骨木在暮色裡散發出和平日不一樣的味道。他走近紅褐色的樹幹向微暗中濃密的樹蔭仰望，想看清抽發的夏梢枝葉是什麼模樣。在掛單的僧人鏡如來寺裡之前，明岩並不知道這種植物還有別的名字。三個月前，鏡如來禪院的第七天，也是在這種僧寮剛開始燈火通明的時分，明岩看見他站在楓香和絲棉木叢生的後山坡上，在這棵樹下對著空氣說了一句：「這是印度毗蘭樹。」明岩不知道他到底在跟誰說話，是正路過的自己還是旁的什麼人，但當時似乎又並沒有旁人，只有初夏的晚風，於是停下來問了一句：「哪兩個字？」鏡如答：「毗沙門天的毗，蘭花的蘭。」明岩想了一下，「應該是毗盧遮那佛的毗。」那時候他感覺鏡如在樹下轉身深深看了自己一眼，似乎為他這句莫名的修正感到訝異。

兩個人一起在後山草木開始愈來愈暗、輪廓難辨的時分走下坡，走向已經燃燒著金紅色光芒的大殿，加入即將開始的晚禱。千步沙的潮汐在光熙峰下也正要開始它的晚唱。

很多年後明岩在離島上一百多公裡外鄞州的阿育王寺別院老去，仍然清晰地記得那個駁骨木變成印度毗蘭樹的傍晚。

鏡如來寺裡掛單是早春的雨水節氣之後，他被分去和有背疾的老維那義寂同住一室。明岩單聽聞這個新來的人成為釋子時間並不很長，從前念過大學，在師範學校教過兩年書，又在佛學院進修過，寫一手漂亮的字。師範學校教書之後就出家去了虞山清涼寺，在那裡待的時日最長，後來做雲遊僧在浙東的幾個古寺幫助整理舊卷，刊印碑帖，修補校點佛門出版物。

雨水之後的出坡，在殿前拔草的任務多起來。這一日負責雨花殿和藏經閣前出坡的兩個年輕小僧快結束勞作時，聊起了新來的掛單和尚。

「他能來這裡也是因為住持需要這樣一個人，能給藏經閣的事務幫上點忙，所以才接納了他吧。我聽老維那講，上一次我們禪院接受掛單的雲遊僧是很多年前的事了，而且是接收他這樣剛三十歲的年輕人來掛單，從未有過。」

「但我聽說他是為了這片海來的，不是因為咱們禪院的名聲。」

「海？」

「聽說這個人掛單登記的時候，行李包裡有幾條時髦的外國商標游泳褲，不知從什麼地方得來的。他掛單第二週就告訴住持，等水暖和了之後要下海去游泳。我猜住持聽到的時候臉一定是僵的。」

「游泳？他是為了能游泳才來無漏寺的？這也奇了，靠水的寺院就算只在江浙，也有不少可選吧？但哪有人掛單是為了游泳來的。」
「當然也不會只為游泳，我們禪院藏經閣的新社也是原因吧，可以兼得。現在島上三大寺佛事幾乎都停了，法雨寺的住持洪閥堂的首座都被下放去種桃子務農。只有我們這樣不被俗界重視或者壓根不知道存在的小禪院還在照舊行事，除了有電燈，還過著古人一樣的日子。站在他的角度看，無漏寺是最好的掛單選擇了。」
「那我還是不明白，這人可真奇怪，何必要把游泳這個目的直白地告訴住持，夏天到了自己去游不就好了嗎？」
「出家人不打誑語，被問了自然要說實話，這有什麼不能明白？」說話的人把石頭方磚縫裡最後一株小草拔出前，輕輕吹走了上面趴著的一隻小蟲子。
「那倒也是。話說回來被咱們這樣的禪院能接納的雲遊僧都算是有點本事的人，這段時間我遠遠瞧見他，總覺得他是有點傲氣在身上的。」
「那我倒沒覺得，我看他對人非常和氣，是個很溫和的人。」
「或許吧。反正在這種寺廟前景未知的時候，不管僧界俗界，有傲氣在身上只會傷身的。」

兩個年輕沙彌結束幹活站起身來。雨花殿後的松林漸漸在起風的傍晚暗下去。晚粥藥石的板一般是不打的，時間到了，僧人們自行三三兩兩往齋堂去用餐，夏季的灰色僧服在向晚時分遠遠看去像空氣中移動的脆弱蟬翼。

無漏寺在從前，管僧眾飲食的典座、飯頭、行頭、火頭、水頭、菜頭皆有專人，和普濟寺、法雨寺的廚房幾乎同等規模，最多只比大寺少兩個磨頭、桶頭。關於無漏寺的典座石霜老和尚，島上老僧們都記得當年災荒年間，用番薯根代替稻米、人人都吃地瓜米的時候，石霜仍能琢磨出食譜，怎麼把島上能吃的植物摘了來研究。石霜的功力深厚，不僅在於能把草根野果盤成可口的齋食，還能用自然之味替代大部分人工佐料調味。在物資貧乏的歲月，他可以完全不依靠外供，僅用寺中自種的蔬果和眾僧在島上尋覓的野菜維持庵中兩餐，被島上諸庵寺稱之為無漏寺的活珍寶，把尋常素齋做到幾乎要破戒至「享口腹之欲」的地步。石霜在禪院裡地位相當了得，但很少參與大寮之外的議事。大家尊敬他，連著尊敬他培養出來的飯頭小沙彌。

島上諸禪院庵寺前些年還和舊時日一樣，屬法雨、普濟分疆管轄的舊年月，法雨寺一九六二年住持下放去種桃之後，從來連偶爾來個施主打上堂齋、如意齋、千僧齋等諸多小事都須上報掛牌。如今外人到訪極少，倒因島上海天佛國的荒涼成了禪院自治的局面。

往日裡總見得著他寺的老僧差人來求石霜老和尚一頓飯的光景，如今好多年都不見了。龍壽庵從前常常派人送來食材，請石霜做兩三碗第二天來拿的蓮藕甜子湯，不用說，是庵裡的老僧差人給自己要的。典座礙於島上老僧情面不能不給，但每次一邊做一邊皺著眉搖頭：「這是要得罪他們飯頭的呀！」

不知從何時起，明岩發現好像具體是鏡如來之後，他對一些周邊習以為常的細節開始印象濃烈起來。他歸結為這是因為無漏寺久未有新面孔，島上因為劃右派把一批大寺的住持監院、維那下放去了餘姚之後過於岑寂的緣故。鏡如剛來時，明岩在齋堂看見他打飯，發現周圍的人也在默默打量這個掛單的年輕僧人。

那日中午的吃食明岩也記得，石霜做了乳香灼銀芽和雪菜炒大豆芽菜，唯有米是陳米，但一樣很香。廚房有個小沙彌叫淨芳，會按典座的吩咐每日把兩個菜名用毛筆寫在薄紙上連著木板一起夾住，石霜認為這樣的儀式感才能配得上他對待無漏寺飲食的嚴肅。像乳香灼銀芽無非就是豆芽和紅椒還有豆腐干絲，一點點榨菜和薑絲還有芫荽碎，但在滾水裡灼到什麼程度，點睛的那點腐乳加在什麼樣溫度的水裡攪勻又在什麼時候和著麻油淋一點上去，就是石霜的功夫了。另一道雪菜炒大豆芽，也就是第一道菜的原料上多了雪菜，但石霜這麼一道變成兩道，這頓午齋就可以精緻幾毫厘。只有淨芳和廚房輪值的人知道，光雪菜都要用淡鹽水浸泡兩個小時。

鏡如打的兩個菜都嘗了一口，嘴角露出一絲滿足的訝異，像是在意外樸陋的禪院吃食竟可以這樣好。那瞬間，明岩也自豪起來，好在兩旁低頭吃飯的人沒有瞧見他的傻笑。他為這個陌生新面孔能在自己長久待的地盤能適應感到高興，內心希望鏡如的掛單可以盡可能長一些。

淨芳也在觀察鏡如。但他沒料到的是鏡如吃完拿著飯缽徑直向守著菜飯的他走去表示感謝，這舉動讓淨芳感到陌生。那時候他有個感覺，眼前的人大概只會短暫屬於無漏寺這個地方，因為他像一個行事方式完全陌生，在華貴餐廳用食完畢要感謝大廚的人。

「雪菜和豆芽都非常香，腐乳的味道很可口，謝謝。」

淨芳點點頭。他本來想說點這是我們典座私家菜譜上前十道菜之類的話，但忽然矜持起來沒有說出口。

眾人吃完洗缽，午睡後下午便要一起去出坡。這是夏安居的時月，若是按從前舊制，從四月十六日到七月十五日都是要因結夏不出寺院外方圓一里的。如今的坐夏被更實用更利於寺院生活的清潔出坡替代，出坡打掃和農禪便是無漏寺眾僧一天之內除了自由時間散步外統一的勞動。這些再加上每天最重要的早課晚課，就已消耗掉僧人們一日的大部分精力。

但鏡如卻在一次出坡完畢，所有人在晚課之前都可進入自由活動時間的時候，環顧四周，對身邊擦汗的同參像一個完全不懂規矩的新人般問道：

「有人要去游泳嗎？」

二・清涼寺來的人

夏安居剛開始沒多久，連著下了好幾場暴雨。不過島上的雨水季節也沒有淒迷苦雨，雨後海風一吹便涼爽起來。圓通禪林一個叫希遷的小沙彌從梅岑半山腰下來海岸邊，帶了東西來求石霜的藥粥方子，說是他師父逢雨季病倒了。

「聽說你們圓通禪林前幾天有個小和尚剝了塊樟樹皮，被師父罰了一頓啊。說的該不是你認識的誰吧？」

希遷窘著臉低頭，知道石霜嘲笑他，又要等他給方子等得難熬。淨芳走過來解圍他的同齡人：「方子你收好。第一碗藥粥今天晚齋前來取吧，我們多生一個藥罐子的火不礙事的，端回去讓廚房照著稀稠程度按方子熬。」

「這些是送給石霜師父和慧遠師父的薏米。」

「五月份收的？那可比八九月份的要好。」石霜歡喜一切有品質的食材，欣賞著薏米像是在欣賞瑩潤的珍珠：「這麼上品的薏仁？你師父總有辦法弄到這些祛濕的好東西啊。話說回來，你剝樹皮挨的罵值當了嗎，可煎了水進藥？」

希遷搖頭：師父愛惜樹，不讓用。說他風濕關節炎事小，我剝了樹皮，那棵樹很快就要遇到病蟲害了。如果古樹因這個緣故生病，罪過就算在我頭上。

他們都沒覺察到路過廚房的鏡如停下來聽了一會。

「是多少歲的樟樹？兩隻手環不環得過來？」

「我們島上的樟樹一半都是古樟，他們圓通禪林半山腰那一片樟尤其上古，說不清多少年頭了，還有千年的古樟。他師父罵他是沒錯的。」石霜對這幾片小山上能吃能用的一切植物都研究過，但也未曾打過古樹的主意。那些樹凝視了島上幾個世紀的僧眾，是沉默的長者。再說夏安居原本就是古印度雨水時節萬物生長，僧人到處雲遊乞食會踩死肉眼看不見的小蟲子小生靈，所以才結夏時節不行腳。損害這島上的老樹，明顯是對這樣的精神背道而馳，是罪過。

鏡如問：「島上有沒有林業所？」

見都在搖頭，他轉頭對希遷說：「如果不是科學地切樹皮，的確會損害到，但老樟樹也沒那麼嬌弱。你師父心疼樹是應該的。帶我去看看吧，看有沒有必要給樹配藥，你們下次出島採購去買對藥就是。」

見幾個人略帶訝異地看著他，鏡如解釋道：「我從前的家中，親人的工作是研究植物的，我略知皮毛。」

「不錯，你倒有點圓照法師的風格。」石霜眯起眼，想起被下放至今未歸的洪閥禪院監院。

「圓照法師是？」

「以前這島上沒通電的時候，圓照法師建沼氣池，用管道給庵院照明。大家還跟著他用奶粉瓶子做成防風燈，他留過洋，很厲害的。」

島上雖庵院如雲，山林僧尼都如親鄰，雖然財產獨立，食物和藥品資源都常常互通有無。前幾年一群僧人被劃為右派離島去餘姚下放後，島上略顯憂傷的氛圍更增添了伽藍間的團結。鏡如來了些時日，慢慢也和無漏寺其他擅長各事務的沙門一樣，因為禪院裡各種緣故拜訪了梅岑白華光熙峰下諸多寺院。慧遠的意思是往後幫著註疏經文，要是需要抽調什麼別院的書目，到時候也不會認生。

朝暮課誦，晚殿早殿和出坡，鏡如都沒有任何瑕疵，但令無漏寺諸人私下訝異的是住持並沒有讓他開展本以為鏡如掛單後會立即著手的藏經樓事務。倒是對這個原本寄予很高期望的年輕人冷淡疏遠起來。

人們說，一定是因為鏡如老去游泳的緣故，住持一定是不喜歡寺裡有人赤裸大半個身體，像俗世的山村野夫一樣海灘戲水，但都是猜測，至今無人聽他公開反對過他人游泳。

「他去百步沙游，也在咱們禪院外千步沙游，看上去是水性極好的弄潮好手。」

「難得，能文能武。」

「住持真的是因為游泳才不待見他的嗎？那自古以來養武僧的寺院，不也赤裸上身在寺中練習？這有何妨？」

「說是如此，那個人總歸恣意了些，太我行我素了吧。」

「我倒是看他很順眼的。無漏寺多些這樣的人更好。」

只有幾個善文書，也在藏經閣做事的無漏寺沙彌們猜測，一切都是因為鏡如的隨身行李；一打來路不明的時髦游泳裝備不說，還有《三峰和尚心懺》，是從常熟虞山帶來的。

「你們怎麼知道的？」

「掛單登記帶他料理床鋪的執事看見了呀。他不認識那書，倒是在乎游泳褲。有旁人給義寂送東西，那禁書就在鏡如床鋪上放著，根本沒有避嫌。」

「島上圖書館外國文學都有，這個算什麼禁書？」

「幾百年了，現在又不是大清朝，當然沒有再禁，但誰都知道咱們無漏寺住持是臨濟宗的大寺出來的人，和法雨寺的住持都是站在密雲圓悟那一派的。和三峰派可是對頭。」

「什麼派系，幾百年前的舊事了，現在還在站隊？」

「算了我只是隨口一說，別讓寺裡老人聽見了讓我挨妄語的罰。」

「行腳僧行蹤無定，四方漂遊，不會長期歸屬於哪個寺院。他在三峰清涼禪寺，也不過是當代的清涼寺。」

天下僧人是一家，只要歸屬佛門不就足夠了嗎。不過這人的行事作風，還真像是虞山清涼寺來的人。明末得罪師父自立門派的漢月法藏大本營。如果浙東幾個古寺都能讓他參與藏經閣的事務，想必在清涼寺就有這方面的打底，漢月法藏和他弟子們的文集，其他地方尋不到，在清涼寺是一定存在的。他應該都讀了。

「我還是那句話，佛門釋子流傳下來的典籍收藏，有何讀不得？」

「都說了，身為徒弟的漢月一派是漢月的師父密雲圓悟的死對頭，三峰派和臨濟宗脫離後爭了幾個世紀，後世雍正都親自撰了長書批漢月是魔。」

「說了這麼久，給我一個書名吧，我去薄伽教藏殿找來看看。」

「雍正的判魔文叫《揀魔辨異錄》。不過，你在咱們島的藏書肯定找不到《五宗原》和《五宗救》了，只有雍正老兒和密雲圓悟的長篇大論可以讀。」

他們都沒注意到長廊旁住持正佇立在旁沉默聽著兩人的對話，眉目緊鎖。

鏡如去看島上摩崖石刻回來的那天，慧遠請人叫他去，在禪堂外的長廊等著他。陰涼的廊外，太陽底下下起雨來，小粒的蛋白石一般，透亮的。

「我一直沒有問你來了之後習不習慣這裡的生活，是看你日常行事和他人相處已經非常自洽圓融，也就沒有再問起。」

「我都還好，謝謝住持。」

「那就好。」

「不過，藏經閣的工作，您一再推遲，是否還需要我幫忙呢？」

鏡如是個直接的人，開門見山，這一問倒讓慧遠住持沉吟了片刻。

「註疏整理經文的事，眼下因為別的事暫放了，以後總會開始的。如果你還能留在無漏寺，就一定會用到你。」說完他看了對方一眼。

鏡如的眉挑了挑，看來這個掛單並不十分穩。但也無妨，若是到了那一天，總有去處。

慧遠平靜地注視著眼前這個眼睛清亮，但似乎總是有一絲他不喜的傲慢掛在臉的年輕人，他在懷疑是否只是自己的妄斷在作祟。

「你是在法藏寺剃度的對嗎？」

「是，上海法藏寺。」

「上海剃度，幾年後去的常熟清涼禪寺受戒？」

「三年。」

「你在清涼寺的時候，可接觸過《五宗原》？」

讀過。不止《五宗原》、《三峰和尚心懺》，漢月法藏弟子弘忍的《五宗救》後來也一併讀了。

難道是清涼寺的必修課？

「那倒不是，清涼寺和其他寺院日常功課無異，純粹是我自己要去尋來看的。」

慧遠臉上像千步沙上空浮動的雲覆蓋著海面陰晴莫定：「那麼想來你也讀過雍正對三峰派的判詞《揀魔辨異錄》。」

鏡如點頭：「這幾乎算作一整套，從始到終的系列，都有讀過。」

「一系列？你是這麼看這幾部的？」

「是。從漢月闡述自己的臨濟宗思想，到密雲反對，到弘忍護法，再到多年後雍正判魔，從始到終。不過也不算終，《揀魔辨異錄》只是最後一次出現的皇家判詞紀錄罷了。」

「他不止代表皇家，他也是佛教徒。密雲那不是反對，那才是護法。」

「您應該清楚的，三峰清涼禪寺當時是晚明文人的聚集地。寫這樣的判魔文，無非是出於他自己的皇權利益罷了。密雲的反對倒是在辯論範圍之內，只是強調漢月背叛師門這一策，是無力的下策。」

「所以你不認同《揀魔辨異錄》？你可知連法雨寺上一代的老住持都撰文重議過這場晚明辯論，支持雍正的判詞？」

「不認同，我倒覺得帝王這樣實施打擊，又出於私心鑑魔，才是真魔。」

住持臉上凛住，極力控制自己的表情，他平復下來後隨即陷入沉思，沒有再和鏡如繼續對話下去。鏡如和他默然對坐一會，站起身來微微頷首行了禮離開，走進迴廊外明亮的微雨中。

三・阿修羅的姿勢

無漏寺的人第一次看見鏡如在千步沙游泳是在五月的一個下午。那天是晴日，千步沙海水呈現一種溫柔的嬰兒藍色澤，陽光在海水上閃爍著銀色的細碎光芒如白日的星辰，沙灘柔軟細膩得像一匹淺色厚緞。

鏡如在靠海岸的淺水區，肆無忌憚在水裡撲水，變幻著泳姿暢游。那時候他還沒有晒黑，許是上一次下水是頭年的夏季了。愜意泅水的人有時展開飛翔的雙臂跳躍著划水，有時替換單臂划水，有時候似乎厭倦了淺水，往深水游去。環繞他的是分層起伏的海水中似珍珠閃爍的光斑。

明岩看了一會想：這像一個幻境。

其實鏡如來無漏寺之後並不是第一次下水，但他之前幾次游泳都在離洪閥禪院和普濟寺不遠的百步沙海灘，那邊比千步沙更適合探水，時常被一些來島上觀光的人當作玩水的海濱浴場。幾十年前百步沙就已經有了可以給游泳者換洗沖涼的小木屋，還提供冷飲。但這幾年來香客少了觀光客也日漸稀有，漸漸少了那樣的景致。島上除了眾僧眾和極少量島上住民，現在只有零星的觀光客還在堅持來此避暑的習慣，也都是些迷戀島上密林和海景的舊客。

遠處的鏡如穿著一條斜紋棉的及膝游泳褲。明岩見過那條泳褲晒在僧寮後院義寂房間外陽光下的樣子。玫瑰紅的泳褲，那過於鮮亮不屬於無漏寺的明快顏色讓他覺得新鮮刺激，他想不起來從小到大見過這樣飽和潤澤的玫瑰紅色。遠處水中的人赤裸著上身在沙灘上往水中走，低頭看著沙灘，像一個王族在低頭凝視大殿的厚地毯。

「真奇怪，為什麼會生起這樣的聯想來。」明岩望著海灘喃喃自語，想起在島上借閱過的十九世紀外國小說插圖。他又覺得鏡如的身體也像希臘神話的男子。

自從雙泉禪院一個知客建議鏡如可以開班教願意學泅水的人游泳，讓水上運動既可以強身健體又可自救救他，這個念頭就在島上眾僧間傳播。大家紛紛鼓勵，形勢熱烈，都摩拳擦掌要跟著下水。鏡如沒料到會遇到這樣的情境，想了兩日，便去找了住持。

慧遠冰冷著臉，臉青如霜的態度已經表明了他的立場。先前沒有阻止他，已經是極大的包容了。

現在倒好，這個我行我素的人自己游泳不算，還要開班？他人在此院，豈不是算用無漏寺的名義？

「這個島自勾踐的時候就有漁民在這裡紮篷了，後來漁民盡數遷出變成純粹的佛國。但歷代島上的人都知道，此南海多漩渦，防不勝防。」

「如果我真的教游泳，肯定不會涉及深海，只在最靠岸邊的淺水區域。教也是為了大家平素靠著海邊生活，很多又是內陸城鎮來的人，如果遭遇萬一，可以防止溺水。游泳好處總是多於壞處的。」

「那我提醒下你吧：戲水生欲。釋子止息，息心，息惡，淨志。到時候一群僧侶赤身下水如野人般行事，怕是把止息，息心都一起犯了吧？」

慧遠說完隱隱悵然，懊惱眼前這個人竟然讓他有一天落入恐陷陳腐的窠臼，他並不願意站在這樣的一方，但已經來不及，事已至此沒有選擇了，朽便朽了吧。

鏡如不卑不亢的態度讓慧遠皺緊了眉頭：

「我在游泳中感受到的是生的力量，但更多的是平靜，還有喜悅。如果說起欲，起的也是生之欲望。」

「入空門的人如此戲水，可合乎儀軌？既已出家，既是受了戒，為何不遵守出家人的戒律？」

也漸漸冷臉氣結的年輕僧人針鋒相對的答案迅疾而來：「游泳不是邪妄雜念，

也不只是戲水。出家人自度度人，游泳何以違背了戒律？」

慧遠沉默下來，不再出聲。他今天說得太多了。或許原本不貪慕藏經閣的幫手，不接受這個從清涼寺來的外道掛單，就沒有今天這樣的對話發生。都是他自找的。

但慧遠也暗自心驚，一向善於自省的自己，怎麼也開始變得言急時心裡隨便定義人家是外道呢？當年他自己讀密雲圓悟的批判時筆記上記錄著的微詞，他年輕為徒時心裡也不滿意的，現在自己不是如出一轍嗎？

是因為老了嗎？

但沒想到鏡如仍在梗著脖子繼續：「古老的規矩是僧侶不可赤身裸體睡覺，仰臥在古印度是阿修羅的姿勢，說這樣的臥法易生欲念。但住持您每晚都是佛陀一般側臥嗎？有沒有仰臥的時候呢？古代三衣一缽，日中一食，樹下一宿，我們現在還要遵守這些嗎？這些是佛法範疇還是陳舊的儀軌？」

慧遠深深嘆了一口氣站起來。

「你自己決定吧。你是掛單的人，只是暫住我處，我雖有管轄的義務，但也沒有這個心力了。」

說完慧遠拂袖離去，數日不再和鏡如有任何言語照面。

但大家發現，住持也並沒有真正做出干涉的舉動來。

因為慧遠的態度，沒有人敢製作任何告示張貼。但鏡如要開班在百步沙教游泳的消息仍然很快被島上大小寺廟禪院傳遍，幾天之內找來詢問如何報名的僧人就有不少，尼庵裡也要學游泳的沙門尼就有兩位。

一開始明岩有疑慮，但欲教游泳的人說女學生當然也有資格學游泳，讓一併收來。鏡如不僅收學生，也和明岩一起告訴來報名的人回去問問是否有擅泳者，來協助一起教學。白馬禪院和伴山寺的兩個人最後作為助教定下來，和鏡如一起在千步沙下水了兩次之後，便回去報了寺裡只等著開班的日子。大家託海岸牌坊邊出島採購的禪院集體購買泳褲泳衣，然後開始鍛鍊。

老維那義寂和寺裡的老人一樣都注意到無漏寺近來起的變化。出坡前後的自由活動時間，僧寮和山坡上總是有做原地跳躍運動的年輕沙彌。島上各庵寺的情況也大致差不多。

明岩自然也報名了，他雖顧慮住持的不悅，終究還是沒有抵禦住參與水上運動的誘惑。在海邊長大的漁民的孩子都會游泳，海邊的僧侶怎麼可以有旱鴨子呢？這實在說不過去。明末有明確記載僧人的日常是早殿晚殿誦課，在那之前，只有各朝盛行又消亡的儀軌，古老的朝代們並沒有對僧人其他自由時間做什麼有詳盡的記述。那麼海邊的僧人們除了早課晚課、做佛事、出坡，其他時間做些什麼？他們會不會去游泳呢？

四・千步沙

六月島上的海水已不再冷，自五月開班之後，鏡如把基礎蛙泳教學基本都交給了游泳助教：白馬禪院的虛雲和伴山寺的寬蓮。他自己主要執教自由泳。會簡單鳧水的人都選擇直接跟他學自由式，到了六月，一些剛上了三四節課蛙泳的人聽說原來也可以直接學自由式，都要改分組，後來鏡如鬆了口，凡可以通過蛙泳基礎測試的，可以改組。一時間抱著浮木和軍用橡膠游泳圈的人每天加緊練習蛙泳以通過測試。

鏡如是個嚴肅的老師。他主持的測試也很嚴格，確保蛙式基礎姿勢已經掌握加上簡單踩水技能，才可以跳到自由泳。

「不用著急，至少掌握兩種泳姿，才可以和水重新建立真正熟悉的關係，所以基礎必須打好。」

「為什麼是重新建立關係呢，鏡如師父？」

「因為我們在母親胎中的時候，完全都被羊水包圍，出生後才逐漸喪失了游泳技能。」

大家愕然。寬蓮和虛雲對視了一眼，只五節課，鏡如經常說這種島上僧人很少會用的語言。芥瓶禪院的女尼倒是很受用，認為女性的生育本來就不該被任何人避諱不談。

大家的熱情和進度超過了預期。到了六月初，上進的游泳班全員已只按水性程度分組不再按泳姿，三個人一起教更適合海中前進的自由式。游泳課每週兩到三節，但只要是晴日，大家都至少一個小時在水中自由泳踢水訓練。

自由式踢腿，是耗費力氣最多最枯槁的訓練。但鏡如在人群中的魅力似乎可以讓這種枯槁大大降低。隨著大家的課後練習變成每日必下水，鏡如又做了救生員制度表，一共六位水性不錯的人固定時間在沙灘輪值一個半小時。石霜雖然自己沒有參與，每天的練習時間倒準時出現在寺院山門外，他感覺島上被那次右派下放後幾年未見的活氣又回來了。

島上沒有參加游泳班的人也來沙灘邊觀看上課。龍壽庵久不外出的老僧也在攙扶下來到千步沙，他們時常能看見久違的大喊大叫，和赤裸上身似縴夫的人在嚴厲地糾正：

「不要彎曲膝蓋！不要把腿露出水面太多踢空氣，會把力氣全部浪費掉用來踢空！」

有個愁眉苦臉的學員抱怨：「可是鏡如師父，膝蓋不可能完全不彎曲啊。」

「彎得越多阻力越大，儘量減少彎曲，要像鞭子一樣打水。」

「像鞭子一樣？」

「我再來給大家示範一次。」鏡如不厭其煩地剛走出水又進了水俯下身。

他或許並不是深諳教學的教授者，卻能利用絕對讓眾人信服這個優勢，調動學員們的積極性和認真。鏡如非常喜歡用比喻，明岩和虛雲、寬蓮經常和兩個無漏寺的人一起幫大家用土話拆解他的比喻。

但大家對他文謅謅的說話方式很感興趣。

「鏡如師父平時都讀了什麼閒書啊，這麼多古怪的比喻。」

「我也要找他要書單去借來看看，聽上去怪有趣的。」

「確定上課時都不讓他們用浮木練習嗎？」虛雲和寬蓮都問了這個問題。

「不用。讓大家像古人一樣手無寸鐵去學游泳吧，不然脫了浮木又需要重新適應，心理也要重新適應。不用任何外物學游泳，這樣每一點點都是真實的進步。」

兩個助教並不比鏡如水性差，但在教學上，都聽從他的決定，也都很佩服。

明岩被旁邊正蛙泳的某個人踢了一腳，慌亂中錯誤地在水中吸了口氣，狼狽地嗆了口水。他掙扎著用踩水和加力划手蹬腿重新回到水面，穩穩站好後，鼻子難受起來。

這一天是鏡如輪值，叉著腰正在環顧的他見狀立即跑了過來：「嗆水了？酸鼻子是嗎？」

明岩沒有說話，捂住鼻子點點頭，希望難受勁快點過去。

「所有游泳運動員都嗆過水，關鍵是一旦嗆水後如何儘快擺脫不利的局面。我看見你剛才就做得很好，反應很快。只要不慌，你會發現恢復平衡非常容易。」

明岩點點頭，酸鼻子的短暫勁過去了。他感覺還可以再按頭天課程要點再練習幾百米，鏡如卻通知大家上岸，要下雨了。

「記住我的話，只在晴天風平浪靜的時候練習，划水超過二十下，必須往回游，就當這裡是個泳池。划水超過二十下不能再前進，違反的人停課處理。記住了嗎？」

大家意猶未盡地在烏雲來臨時上岸，齊聲回應：「知道啦！阿彌陀佛。」然後是如碎浪般起伏的笑聲。

按他的要求，平時自己下水也不可單獨練習，需三人以上結伴。芥瓶禪院的女尼只有兩人，鏡如便讓她們加入大家定時練習的隊伍，不要獨自下水。

「鏡如師父，虛雲師父，到底怎樣才算會在海裡游泳了？」

「一旦掌握了有效划水和手腿配合，長期練習就可以用強有力的節奏游一個小時兩個小時以上。這時候才能叫真正的會在海裡游泳。」

「所以，在風平浪靜的淺灘划水不沉下去還不算？」

「如果你們是在城市生活，在泳池游泳的話，就算會。但在海邊完全不算。」

眾人聽他提起父親那次，是六月中旬的一節游泳課。

那時眾人的皮膚開始有淡淡的古銅色了，陽光下呈現一種烏金兵器的光澤。所有人站在水中看划水進階的示範。

「有效划水。希望大家都能真正把自由式手部動作做到極致，推水時不要遲疑，俐落地推到大腿划到髖處，像一個人猛然地把手划至褲兜。」

「鏡如師父，可是我們平日的僧袍是沒有褲兜的，不是西裝褲子。」

眾人笑起來，鏡如也笑了，他讓羼提禪院進步極快的如智，給大家再次示範自由式手部的四個連貫動作分解：抱水，推水，高移臂，再次伸臂入水。

鏡如這幾節課不停變換示範分解動作的人，讓所有人牢記步驟，可以在不下水時隨時隨地於僧寮中練習，形成「肌肉記憶」。

第一次聽到肌肉記憶時，洪閬堂的一個小沙彌忍不住輕呼了一聲：「肌肉也有記憶？」眾人一起笑起來。

「鏡如師父，你這麼年輕，懂得真多。」

「我父親是個植物學家。他教了我很多東西。」

大家停住笑，為這句話沉默下來。出家為僧，雖然也可在住持允許下一生逢大事回家幾次，但基本沒有這樣毫無顧忌提起俗世父母的。對於沙門，那幾乎等於前世。但鏡如竟然這樣自然而然說起了父親。或許他想念著他。

只有慧濟寺的圓覺恍然大悟點點頭附和：「原來是植物學家啊，了不起。」

「你的外國商標游泳褲也是他從前買給你的嗎？」芥瓶禪院的學生問完這句話，意識到自己在仔細觀察別人的游泳褲，臉驀然漲紅了，後悔問出來。

「是的。他出國的时候，給我買了一打，我現在都帶在包袱裡。這種比針織的要阻水一些，更適合游泳。」

說完，鏡如為了中止這場本不該有的對話，走進淺水開始再次示範高肘抱水手部分解動作的要點。但所有人雖然注視著他，仍在呆呆地想起許久沒有談論過的從前的父親，仍在世或小時候便已不在的父親。每個人父親的影子都在這一刻和潮汐合為一體，只有那些早已淡漠了兒時印象的人眼裡鎮靜，其他人都露出恍然如夢的表情來。

只有明岩又在想，他又犯了規矩。要不要提醒他呢？明岩並不希望自己在鏡如面前是個因為久駐多年就有資格嘮叨的人。

很快，靠近海岸牌坊的白華禪院，老監院會發現每個清晨靠海的寬闊空地上都有人在做奇怪的手部運動，似在著急忙慌於空氣中用力刨著晨霧中的虛空。在梅岑西山上圓通禪林的望海樓邊，一到空閒時分就有人見縫插針練習從未見過的新武式：單手半抱住冥冥中的什麼，然後果斷後推，再把手臂高高地舉起來，人的頭在臂中迅速地深吸一口氣，像是在醉氧……

全島都在練習自由式的手部動作，有的練得像肩膀靈活轉動的木偶舞。沒有參加游泳班的旁觀者，但凡還在壯年，剃度前會水的不會水的，都會陷入沉思：「下一次，是否也加入一起？」

明岩總是把他的問題記在小本子上，把游泳課上的提問時間讓給無漏寺之外的人。課後再去找鏡如。那是他除卻早殿晚殿，最充實快樂的時刻。他喜歡和鏡如攀談。

「我現在呼吸的時候，按您說的儘量轉肩轉夠，但呼吸時間還是很短，有時候還是無法避免抬頭。」

「轉肩做足夠了的話，你會發現你的頭可以枕在沒有划水伸直的那側手臂上呼吸，抬頭呼吸只能是不得已情況下的選擇，因為只會破壞身體的流線型讓呼吸更費力。除非划水時有浪打過來正好打在你側頭呼吸的一側，否則平時練習中都儘量注意不要抬頭。」

「好的，我記住了。」

「呼吸是划水動作的一部分，不是單獨的。不管你選擇幾次划水後呼吸，記住不要全程憋氣，最後一次呼吸前划水時，要開始吐氣，一邊轉頭一邊吐。你等我一下。」

鏡如快步走進僧寮，回房間拎出他的面盆，沒有用洗漱池外的自來水，和明岩一起去了井邊打水。他把水盆置於石桌上，頭埋進去，一邊水下吐氣一邊側頭呼吸。

明岩有些不好意思，這顯然是課上早已教過的要素，眼下還在這樣的方式補課。

鏡如甩甩頭上的水：「游泳課只是教授基礎，每個人練習中一定會有弱點。我雖然之前跟住持說學游泳是嚴肅的水上運動，不過，你學得還開心嗎？你喜歡待在水裡嗎？」

「喜歡的。」

「那就好。喜歡最重要。」

明岩觀察鏡如帶著水珠的皮膚，似是比前些時日又晒黑了一度，已經接近光滑的古銅。但自己下了這麼多次水，仍是蒼白的。

在二十世紀六十年代中的這一年，這後來回想起來對所有人都是宿命般的夏天，游泳班裡那些按鏡如的提議每天花一小時練習的，從五月初開始學習游泳以來，到八月中已經是自由式和蛙泳都算掌握的初學者了。

「和習武一樣，永遠都是三條準則：第一，排除萬難去游。第二，把學會的動作盡可能做對做實。最後第三，如果可能的話，每次練習嘗試稍微加快一點，一次進步一毫厘就夠。在江河海裡游泳速度不是關鍵。但如果你正在奮力去救人，你可能會想儘快到達身邊。橫渡海峽的時候也會想快點抵達，因為在深水中游泳永遠不能算安全。」

雙泉庵和鶴鳴庵的兩個學員同時抬起手來想發問，鏡如點點頭。儘管他總是示意大家可以直接打斷問問題，所有人仍然舉手才問得出來。

「不安全，說的是體能可能會耗盡嗎？」「是不是水溫低導致的不安全？一般多冷的水溫就會有危險呢？」

「腿抽筋，水上忽然來的風暴，被水中生物蜇傷，身體泡在低溫的水裡太久導致體能耗盡。這些都是可能的危險。」

說完鏡如讓虛雲把他自漁民那裡得來前兩天一起討論過的數據給大家講一遍。每節游泳課，他都會在練習後加一點這樣的小知識，因為兩個多月下來他已經完全知曉自己面對的是一群相當聰穎且四肢協調的眾僧。你所教授的，他們會如海綿般全部吸收，只因為學習游泳的熱情。眼前這些沙灘上的人因為島上長期的農禪習慣，都是禪堂裡可以念經學佛的沙門，同時也是健壯的農夫農女，體能完全不輸給城市裡課後會在籃球場運動的大學生們，倒普遍更有耐力。他們需要的只是又一個水性稍好又懂得教授的善泳者，像傳播佛法一樣把水上技能傳授給眾僧。

慮雲從海灘邊平如桌台的黑色岩石上拿起他的備課講義，那上面記著每節課鏡如的主題和他作為助教補充的知識點，還有學員們的進度。

「浸在水中可能存活的時間，這個數據適用於海上救生的人對沉船落水者的險情評估，不過我們也可以借鑑來評估游泳。按救生的常識，如果15到20攝氏度的水溫，存活時間少於十二小時；10到15攝氏度，少於六小時；如果是4到10度，存活時間少於三小時；低於0度，少於十五分鐘……」

「所以夏季水溫最高的時候最安全？」

鏡如搖頭：「高水溫容易使人脫水，游起來也更容易累。」

慧遠站在千步沙盡頭的陰影裡遠遠望著游泳班的一群人。沙灘上除了上岸就裹著浴巾和紗籠的尼僧外，其他都半裸穿著游泳褲。大家都在凝神評估島上的各季節水溫符合哪一檔，沒有任何人注意到無漏寺住持。

即使隔著很遠，慧遠也能一眼在人群中看見鏡如的身影。倒不是因為他作為教員站立的位置和學員們有一點距離，而是鏡如挺拔緊實的身姿，以及那個非常倔強又沉默陰柔的後腦勺，不可能被認成旁人。

兩個女學員都來自芥瓶禪院。鏡如告訴她們幾十年前法雨寺的印光法師在這裡勸誡過來游泳的女詩人：南海的水流是危險的。

「可我們還是在這裡游了。」兩個年輕女尼都很刻苦，蛙泳基本技能學會後，自由式打腿階段她們似乎比男學員耗費了更多的力氣，因為鏡如並沒有給她們減輕練習強度。

「女性柔韌度比男性的好，柔韌對游泳很重要。」他只是擔心她們兩人結伴練習游泳有危險，最好不要獨自下水。

「為什麼唯獨擔心我們？他們男的都是每天練習一個鐘頭。」

「因為你們練習的時候為了避嫌和其他人隔得太遠，跟上游泳課的時候完全不一樣。如果有閃失，沒人及時發現。」

芥瓶的兩人更擔心的是被區別對待，只是從此以後下水時和眾僧距離明顯離得很近了。鏡如在絕大部分人已經熟練掌握換氣和手腿配合之後，關了幾節課教授粗淺的水中救生知識。抬頭蛙泳的學習進度明顯超過了預估。當鏡如示意弘隱寺的一個男學員和芥瓶的女尼互換救援身分做救生練習時，那堂課因為彼此的心理障礙的確延遲了很久。但最後音滌和惠音兩位女尼如熟練上崗的救生員一樣，合力把仰臥水中的男學員觀敬強有力地抬頭游托抱游至岸邊時，眾人讚賞地齊齊鼓起掌來。鏡如明顯被深深觸動，用力地鼓掌了很久，露出他罕見的暢快笑容。明岩和幾個小沙彌一邊拍手點頭，一邊心裡盤算著剛才的一節課內，鏡如又打破了多少無漏寺的規矩。

但他們並不真正介意，甚至隱隱有一種暢快，為破掉那些原不屬於僧人戒律，歷朝歷代總有人平添上去的不必要陳規。

一個深藍天色仲夏夜的傍晚，石霜待著廚房為晚粥準備蓮藕釀豆腐，檢查好所有豆腐泡都已填好藕蓉餡之後，在開鍋前休息了十分鐘。他走出無漏寺，站在和慧遠相反的另一端看著游泳班眾人，那裡頭有他允了去上課的小飯頭淨芳。

石霜和尚忽然自顧自微笑起來，像看了什麼賞心悅目的趣事，自言自語道：

「這是現在島上真正在話事的新主座啊。」

暴雨忽然而至的一天，他們下課的時候遇到一個穿海魂衫的年輕人，是陪母親來島上的觀光客，一直饒有興趣在觀察游泳班。一看見空閒，徑直朝鏡如走過來。很久以後，明岩還在慶幸，那日他們是在海岸上邂逅，而不是在寺的山門處。談話也一直沒有涉及無漏寺。

很顯然這是個自來熟熱情的年輕人。

「你們讓我有了寫作文的素材，我回去就寫『論游泳』。」

明岩朝他微笑。

對方忽然遞過來一張明信片給鏡如：「我剛才在上面寫了詩，是關於游泳的，送給你們做紀念吧！」

鏡如攤開手拒絕：「我手還是濕的，心意領了但怕沾濕。」

「收下吧！是游泳的詩。」

明岩接了過來。

海魂衫青年忽然自顧自對著他背起上面的詩來，用一種話劇腔：

「鐵路之旁兮　水面汪洋
深淺合度兮　生命無妨
凡我同志兮　攜我同行
晚餐之後兮　游泳一場」

「這是偉人的詩詞。」穿海魂衫的青年口氣振奮地說。

鏡如點點頭，跟他道了再見，但又被攔住了。

「你們游的這是自由式泳姿嗎？可會美國人發明的蝴蝶式？」

「算會一些吧。」

「蝴蝶式非常難嗎？」

「只要有游泳基礎，蝶泳很快就能學會，划手的姿勢和蛙泳很像，學會身體的波動就上手很快了。不過非常需要力量。在江河海裡游泳更多還是自由泳更適合。」

鏡如猜這是個對游泳有了興趣的年輕人，就多說了幾句。

「你在哪裡學的蝴蝶式？泳池裡嗎？」

「小時候在游泳池裡游水的夏天，一個暑假兩個月，學會了自由式和蝴蝶式，但蝶泳游得不精。」

暑假？你是出家人，也有暑假？

是，在我皈依之前。

「哪個城市的游泳池，可以學蝴蝶式這麼高級？」

鏡如不再繼續回答，對海魂衫青年禮貌地笑笑。他沒有注意到海魂衫的臉上有一種隱隱的陰霾，一種可以被陌生人的閱歷見識莫名刺傷進而隱隱惱怒的表情。又或許他注意到了，但鏡如那種年輕僧人特有的淡漠和一絲他自己也未曾察覺的傲慢，讓他並未對眼前這個陌生人在意。

但他猜錯了，對方只是隨意找話。

「我是舟山中學的高三學生，快要畢業了。不過我已經不想進象牙塔念大學了，想儘快參與到社會的建設中去，做對國家眼下最有用的事。」

鏡如朝著他微笑，並沒有像對方期待的那樣也自報家門，儘管他成長的地方其實離舟山並不算遠。但他禮貌地做了合十再揚長而去，明岩接了明信片只好帶走，也回頭合十道別。

世上所有年輕人的笑容都是天真熱情的，但年輕人和年輕人又是截然不同的。

沒有人能在這個舟山中學生尋常的語言外聽出他心中蕩漾著並未說出口的話，那種話一說出口即會化成鄙夷，還夾雜著對任何與他的世界觀相悖在他嚮往的社會規則之外游離人群的恨意。如果和住持是同樣年紀，或許會察覺一些異象。陌生青年有一種狠戾陰冷的氣息掩蓋在他游移的笑容背後。

眼下他並未說出口，但以後某個屬於他的時間來臨時一定會說出口的餘音是：

「而不是出家做和尚，念沒用的經。」

五·離岸流

鏡如告訴游泳班的人，海邊游泳的人偶爾會被大浪拍回十幾米遠，你以為這個浪的長度大概就是那十幾米遠，實際上它的波長遠遠多於肉眼所見。有的巨浪波長可以到幾十米上百米。海嘯就是巨浪間的撕扯，破壞力驚人。當這樣的力量到來時，你幾乎無法和它對抗。和這樣的風暴正面對決是絕然不利的。

和鏡如一起教游泳的虛雲，是個平日裡分外沉默的人。他在海邊長大，四十年代末來白馬禪院出家的時候不過十九歲，如今已經中年。他說不清楚鏡如的游泳班給他到底帶來了什麼，但十分重要。往常近在咫尺的海耳目一新，像新生出來的幻境，又像童年。游泳課常常讓他想起十七歲之前當父母還在人世時作為漁民的父親跟他說的隻言片語，那些跟海相關的碎片。

虛雲帶著他放鬆時也慣有的皺額頭習慣，面前是沙灘上席地而坐似在聽禪堂講法的大家：「遇到離岸流，是因為看起來很平靜的海面下有扭曲的陡坡，那是一股裂流。」

「離岸流也會來我們這個島嗎？」

「當然。」

眾僧上這節游泳課的頭一夜，慧遠未食晚粥，房間閉門不出，也沒有開電燈，就著法雨寺上一代方丈送給他的煤油燈縫補衣裳。每當有極重的思慮，他就會這樣一針一線地把心中的憂怖紉進織物。他從未像現在這樣希望自己在無漏寺眾人面前游刃有餘，但這幾日難以保持鎮靜的心緒，他覺得自己更像一個希望在前輩老僧的照拂下可以悠然無慮行進如常的小沙彌。

已經認定住持對鏡如不滿的無漏寺眾人並不知曉的是，他其實從未真正視鏡如是破戒者，也不認為當年三峰清涼禪寺開宗自立門戶的漢月法藏是行邪道住邪法者，儘管那是他的上任和上上任們以及在佛學院教授他的老僧們一致判定的魔。有時候他甚至懷疑那種和當年愛新覺羅胤禛一樣給三峰教判魔的篤定，會不會在諸師心中，也有未表的疑題和曾存在過的閃念疑慮呢？這些想法是他未與人分享的祕密。眼下他已無傾訴之人，島上一百零七僧人被下放後島已成為半個孤島，但他深深地憂慮在未來很多年間，這座島恐怕會比當下更煙絕孤寂。在鏡如和助教準備在下一課給眾僧講「離岸流」時，他在憂心另一種已經感覺到的風暴恐即將來臨。

慧遠是頭天下午接到電話的。島上的電話很少，僅管轄機構的辦公室中有一部可供其他寺院的住持方丈與外界聯絡。緊挨派出所的衛生所辦公室上午差人來無漏寺，帶了話說是外省有長途電話過來，指明讓住持下午兩點準時去辦公室。這樣的電話以前不是沒有過，通常是寺廟之間的佛會講法邀請，但他忽然就想起頭夜夢見的一匹馬，在昏暗的暴風雨中隻身來到島上，孤零零站在光熙峰下的密林入口，像一隻凝聚了濃烈哀愁，淚泣沉默的千年石獸。他想去撫摸那匹馬，擁抱牠，把牠帶到遠離風暴的安寧之處，但腳卻是沉的，無論怎樣近的距離也很難在滂沱昏暗中走近馬身。

夢中他忘記了昏天暗地的雨是何時下起來的，怎麼會起了那樣駭人的泥濘生生爬不出來，島上的其他眾僧又緣何消失不見連法雨寺和他平日裡最常拜訪的圓通禪林、普濟寺都在暴雨中失去了殿宇輪廓。而他心中堆積的悲哀和冥冥中似這個島預知要經歷不可逆厄難般的沉重，和這暴戾風雨扭結在一塊。

無漏禪院的佛像是不是要毀在他任住持的時候了，他沒法守住它。

但這個夢醒來的清晨，他心中的鬱結在看到寺外千步沙的湛藍海水時消失過一陣子。直到上午衛生所常來上香的周師傅上門傳話，他才又想起昨夜沉重的夢境。下午去接完持續了十幾分鐘的電話，回來路上他心裡裝著事走得疾步，在多寶塔院外踉蹌摔了結實一跤，疼出淚來。

聽說有的塔上佛像盡毀，這個小塔守得住嗎？

「洛陽農機學院的大學生，聽到中學生隊伍們要集結去砸龍門石窟的消息，立即和教師一起坐了卡車去攔，辛苦談判許久好歹成功，大學生的勸導看來管用，石窟和伊闕伽藍勉強保住了……」

他的聲音顫抖著，木木地在電話這端應著：「那就好，石窟保住了就好。」但昏天暗地的壞消息立即緊接下去：那只是石窟這邊……誰也沒想到，就在同時，當天下午白馬寺被另一群隊伍砸掉了，整個寺的古物，幾乎全部覆滅……

「全部？」

「燒佛經的灰堆裡救出來一個白玉佛的頭顱，其他大多毀掉了。真的是法難啊……」那邊原本蒼老沉穩的聲音抽泣起來。

「怎樣的砸法？除了古物書卷毀掉，還有什麼？」他似乎不敢相信，繼續在心存僥倖重複發問。

「幾個大殿的佛像菩薩像全部砸毀，無一倖免。」

這是電話開始的前幾分鐘。慧遠一直在顫抖，後面幾分鐘他稍微平靜下來，仔細聆聽電話那頭變得漸漸晦澀閃爍其詞的叮嚀，和一些鄭重的囑託。衛生所的人留他一個人在辦公室接電話。電話掛完，穿著白大褂的周師傅見他走出來滿頭大汗，並沒有十分訝異。只是對視後沉悶地說了句：「回去路上看著點路。」

「嗯。謝謝你啦周醫生。」他沒有意識到自己只有多年前第一次見老周的時候才叫過他周醫生。

「總會有辦法的，萬一有什麼事來了總能應對的。」

「嗯，是啊，總會有辦法的。」

一處的風暴會很快影響臨近的另一處，變成一整個大洋的風暴。當游泳班已經給眾人上課上到自由式換氣加強，衛生所周師傅來的次數又多了好幾次。除早課晚課和出坡等日常事務外，大家的注意力幾乎都在新習得的水上技能，沉浸在興奮和清澈體驗中。很少有人注意到慧遠的神色愈來愈凝重，常常對迎面而來向他點頭行禮的人視而不見，只匆匆低頭向前。島上相對封閉，外面已經開始翻天覆地的運動，鮮少有消息傳遞到普通僧人的耳朵裡。但無漏寺住持和島上幾個和外面佛寺互通有無消息的老維那和方丈，都得到了不同的叮囑。大家見了面，又相對無言，提議有了開始卻很快沒有了下文。大家都知道，外面正在進行的風暴，不是島上一點僧眾可以有從容應對之策的。但有人又似乎覺得這個島可以逃過一劫，有毫無根據的樂觀信心。

一切如常，只有住持和監院、維那們開始了比平日略頻繁的聚議。

海潮寺的住持最先提出來，島上有陳年未動用的石窟。海潮寺的方丈已經七十有九，當他說起明朝時為防紅夷萬不得已時經卷最後的庇護所選擇，包括無漏寺住持在內的諸人也是第一次聽說。這樣的石窟島上不止一處，也並非挖掘於單一的某個朝代，很顯然無漏寺這樣的小禪院並沒有傳承這樣的祕密。

但住持集會的那日，大家沒有料到的是這個可能剛被提出，又被海潮寺方丈本人最終否定。

「如果普陀山注定有此一難，藏匿佛寶也無可避禍。」

「只要那些石窟不被洩露地點，不就可以避禍了嗎？」

「幾個對付法難的洞穴歷各朝代更迭經年，即使沒有從海潮寺洩露祕密，恐怕幻想這樣的地點只是你我幾人之間的傳承祕密也只是僥倖和自欺欺人，早已有外人知悉也未可知。」

「我們應該各自對各院所轄都有足夠了解，要是說能出那樣心思的沙門魔子，倒是應該不至於。」

「不至於，不等於不可能。如果啟用洞穴又被狂徒尋到地點，和經卷珍寶在寺內被砸燒無異。」

沉默如頭頂的昏黃光暈籠罩著壓抑的寺中石室，幾人臉上都浮出極重的思慮之色。幾個月後，藏經洞的祕圖果然在後寺的方丈寮房牆龕中被尋出，尋到藏經洞，裡面只有潮濕的青苔，空空如也。據說，是久遠年月前曾在島上居住過的村民兩個世紀前就有的藏寶圖，時機到了，有珍藏舊圖的人以索賞的方式向革命委員會告了密給了真圖，卻最終被罵騙子沒有拿到賞酬。

「原來才被窺伺兩百多年嗎？這已經遠遠低於我的估計了。」海潮寺的老僧後來在生產勞保手套的合作社，與周圍人閒聊時感慨了他曾有的預計，聽者皆驚。

從某個已經不記得的時間點開始，慧遠眼前的島和無漏寺以及島上諸多僧院全都匯進一個佛龕，漂浮在茫茫無際的海上。他希望這佛龕可以安全靠岸。但在海上的劇烈飄搖和震動中，所有眼前的氣味和顏色所有具體細微的事物細到一塊無漏寺的舊門磚和廚房門口平日裡司空見慣的深棕色鹹菜缸，僧寮院地上的陳年方磚和台階上新生的青苔，通向梅岑密林路上的古樟樹冠和沿途的摩崖石刻……都像要緩緩沉入海底。

「娑婆世界，苦事最多，眼下就是我們這個時代的僧人需要面對的世界，逃不掉。」他喃喃自語。但又常常在夜半時分安慰自己：這都是暫時的黑暗，歷朝在法難後總又會迎來一個嶄新恢宏扶持佛法傳播的金色時代。他在這樣充滿著悲喜和幻境的想像和苦思中折磨自己的神思。

後周顯德二年，世宗禁佛……

廢寺三千三百餘座，不許私度僧尼……

一九六五年，大興善寺，除觀音殿和法堂之間的院落外，一律闢為公園直到一九六六年六月，運動開始後佛像、法器全毀……

那麼永泰元年開始翻譯的《仁王經》還在嗎？

《國家祥瑞錄》在大興善寺翻譯成梵文，寺內收藏的梵文卷還在嗎？

白馬寺，共計焚白馬寺藏經五五八八四卷，元明清歷代所塑佛像被砸毀九十一尊……

焦慮的長夜裡，慧遠想起久遠前他在書上讀過的年代。把歷史上的厄難和去年發生的事夾雜在一起苦苦思考，每夜近天亮才能入睡。

大家眼見著慧遠和島上的幾個住持一樣，短時間內瘦了一大圈，形容枯槁。有時候夜裡經過僧寮，有說話不懂事的小沙彌小聲議論，說他走起路來像一團因憂悶燒身而閃爍不定的鬼火。

六・託付

九月初，梅岑半山腰的希遷給石霜送新芡實的那天，淨芳得到典座允許，做了碗雞頭米糖水送給他的游泳老師做宵夜。鏡如分給明岩一半，大口飲完瞬間見空碗底，連呼爽快，還想要下一碗。明岩在他房間裡悶悶地咽著珍貴的芡實，看著鏡如平靜如常的臉，有些洩氣地想著這人終歸對這個島沒有感情的，他不為諸寺的存亡堪憂。也不知道這個人除了佛法和游泳，到底還對什麼是有感情的。

和鏡如同屋的義寂身為老維那，看著明岩也揶揄打趣起來：「你悶悶不樂又有什麼用，小沙彌就不要擔心住持該擔憂的事了，看你臉青面黑，晚上是沒睡著嗎？」

「您知道我在擔憂什麼。好多城市的運動愈演愈烈了。」

「要是有什麼注定要來，躲也躲不過。」鏡如平靜地說。義寂讚賞地點點頭，明岩搞不清楚這兩個人是真沒有聽聞運動的劇烈程度，還是在做逃避的鴕鳥。

他在鬱結下發狠問了一句：「要是被逼到還俗，你們也不在乎嗎？」

「那就心向佛法，自己修行，做居家的僧人好了。」鏡如用濾網濾好打來的井水，幫義寂擦涼席。剛來時，這個人對島上明明有自來水僧尼們仍常常在用七十多口老井感到驚訝，現在明顯被同化了。

無漏寺會遭遇什麼不測嗎？如果一起被遷去什麼地方還好，大不了和妙善法師那一批被定性為右派的前輩們一樣去種桃子。

但如果大家走散了呢？

他近來時常在憂心忡忡地想著無漏寺走散這個可能，睡意降臨時，聽見海上的夜雨下起來。

兩天後，早殿誦經完畢，僧人們在千步沙站立，休息一會吹吹風。

鏡如不知何時走到出神的明岩身邊，問了他一個問題。

「如果有一天你離開千步沙離開這個島，你會懷念它什麼，除了人，先不要說人。」

「不知道。應該會很多很多，多到不願意離開。」

「說說看？」鏡如鼓勵道。

明岩想了想：「多寶塔院那邊的貓經常集結吵架，像是辯經，我經常去摸貓……那些貓都是前寺在餵的。這個會懷念。」

「還有呢？」

「其他……一時想不起來了。」

「你說很多很多，難道就只有貓？！」

「會想慧濟寺外面的鵝耳櫪，樹冠美。」

「這個倒是，別處都見不到的，只有這裡有。」鏡如贊同地點點頭。

「會想早上起來看到的海霧、印心池的水鳥、島上每棵樹，尤其是無漏寺後面山坡上的。包括你告訴我別名的駁骨木。」

「印度毗蘭樹。」

「說佛像可以嗎？會想這島上所有的佛像菩薩像，尤其是觀音。」

「對了，我最近才聽說無漏寺的老規矩是但凡涉及文職，包括作梵唄的都寫過研學文才可留在寺中。是真的？」

「並非涉及文職才有，香院掌燈的師父，包括廚房裡的淨芳也要的，只是要求沒那麼嚴格。可以就某個自選的議題做文章，識字少的個別職位，也可以口述義理，要接受辯論和提問的。」

「你最初那篇，寫的什麼？」

「我選的議題是論沙門不敬王者。我在藏經閣有一日自己訂的，不是像他們很多人是師父幫著訂的。」

鏡如又一次露出訝異神色，點點頭。

明岩換了個話題，「我看你房間有希臘神話的書，島上圖書館也有，我借來看過。你最喜歡哪個神話人物？」

鏡如凝神想了想，望著波光粼粼的海，嘴角露出微笑：「我喜歡伊卡洛斯。」

「哪個？我好像沒讀到過。」

「蠟製翅膀被太陽融掉，掉進海裡的伊卡洛斯。」

「啊！我讀過。舊版書裡的譯文名都不一樣。意喀路斯，他的結局很悲傷。」

「我喜歡的是我自己編的那個結局裡的伊卡洛斯。」

「是什麼結局？」

「改天講給你聽。等你自由泳不再需要抬頭可以枕著手臂換氣的時候。」

「一言為定。」

沙門是可以不敬王者，然歷朝毀廟者，大多時候並非王者，王者倒常常是親佛門者。憂思中的慧遠聽到海岸碼頭那邊的幽冥鐘，覺得最近聽到的鐘聲都分外沉鬱悲涼，是他心境所致。

對面隔了五六公里海路的珞珈山，舊時和本島一起被叫做普陀珞珈，那邊的伽藍叢林每隔一段日子都會來島上議聚，但眼下是不行腳不出寺院方圓幾里的夏安居時間，珞珈山的大覺禪院卻來了人，說是那邊有僧人圓寂，有手書要給到慧濟寺的人。然慧濟寺在山頂，於他行走不方便，夜裡便宿在無漏寺。

幾乎沒有人注意到，珞珈山來人的當夜，慧遠的寢室徹夜亮著燈。島上彼此如親眷，也沒有人心存疑惑，為何這人專程來見慧濟寺的人，卻未曾上山。

許是帶的手書，由無漏寺的人代傳。因是癘僧，癘子的一切緣由都用不便二字來解釋。

那人離開時，慧遠叫上明岩，一起送他去了海岸碼頭。

明岩問：「蓮舟以前每次來都是坐自己的船，現在他不馭船了？」

慧遠目送著遠去的渡船，沒有回答他的問題。

學員們基本掌握了自由式基礎之後，游泳課頻次減少了一半。月亮在離海近的地方升得早，有時結課時才下午四點半，月亮已經像從對岸的珞珈山上升起來了。

慧遠最近時常在僻靜處望著對面的孤絕之島。這是夏季，對岸能見度高。若是一進了秋冬，杳藹海霧中珞珈山從這邊看就乍有乍無了。

「須得是夏夜行舟。」慧遠喃喃自語。

開始學習海豚式波動時，明岩終於晒黑了，身體又緊實了一圈。他最近憂心忡忡，但每次游泳都像澈明了一回身心，有如誦經。

「我的換氣偶爾還是總忍不住抬頭，但好多了。」

「能意識到就能慢慢改過來。」

「嗯！」

這一天鏡如正在給大家講進階的自由泳細節矯正，講到對水的控制：「抱水這個控制水的過程中，我看到有的人太像是在儲存水了。抱水是為了控制住水，之後，要毫無留戀有力地推到身後，就像我們佛門的各種捨得，不能不捨。」

前寺的一個小沙彌淚眼婆娑跑來千步沙，要往法雨寺趕，被無漏寺的人攔住問發生何事，大家才知道，今天有幾個革命委員會的人上島了，直接進寺掀了香桌，鬧了一陣便走了，說改天還要再來。眾人心生憂悶，站在海灘上默然。

「我們可以揍他們嗎？」

「我聽說國清寺就有武僧，年初有去鬧事還想毀塔的，被棍棒攆出去了。」

此時大家並不知道，這只是風暴來臨前的一點微小的預兆，厄難還沒有真正開始。鏡如低頭看著沙灘上的螃蟹小洞，忽然輕輕地說：「他們不是細碎分離的小浪，他們是最可怕的一類離岸流。」

那夜義寂在外洗漱完回到寮房，對半臥在涼席上看書的鏡如說：「你現在去住持的房間一趟。」

鏡如心一驚，穿好衣服經過僧寮院中時，恍惚間周圍的通明窸窣讓他想起和父親從前住的學校宿舍家屬院的昏黃燈光，已如隔世。

這是他第一次來慧遠的房間，果然比常人的寬敞許多，但仍是樸陋，除了幾幅字畫和許多書，並沒有特別的雅致貴重之物，慧遠泡了一杯茶給他。

「喝吧，這個葉子喝了也不會睡不著，倒會更好睡一些，我近來常用，不然沒法有力氣主持晨殿早誦。」

「您最近是瘦了很多。」

慧遠溫和地注視著鏡如，讓對方的緊張消失了。

「我看了掛單僧冊，你的祖籍是台州？」

「是的，台州仙居。」

「那麼我有一個喜歡的詩人，和你算是老鄉了。」

鏡如沒有料到在局勢越來越危機四伏的氛圍裡，住持忽然神色溫柔地跟自己輕鬆攀談起這些話來。

「可有聽過寫《一瓢集》的翁森？」

鏡如搖搖頭。

「他就是仙居人。傳我衣缽的光蓮法師，是在靈穀寺剃度出家的，他說『晝長吟罷蟬鳴樹，夜深燼落螢入幃』這兩句詩寫的正是靈穀寺的螢火蟲，從孝陵衛到靈穀的小道上，仲夏夜裡全是螢火蟲，像千盞燈，可以給晚歸的人照明回山的路。

鏡如點點頭，單是聽，沒有作聲。

「我沒有去過那裡，年輕的時候倒是一直想去，列進了雲遊清單。但當了住持之後很少挪動，可能長年在這個海島守著千步沙這樣的景致，古詩裡的山水就變成淡漠的欲念了。哪怕餘生永遠不出光熙梅岑不出此島，也沒有遺憾。」

鏡如默然，或許慧遠已在擔憂無漏寺僧人要下放去務農或者參加勞保生產的地點會不是這個他熟悉的島。但這遠遠不止是慧遠的擔憂，身為住持，他懼怕的是無漏寺會毀於一旦。

眼角眉稍透出罕見輕鬆的慧遠似乎來了興致，饒有興致繼續談著他師父口述中他的臆想中螢火蟲和孝陵衛的景致，還有光蓮講過的雞鳴寺和靈穀寺的舊事。和眼前素來不睦意見相左的年輕僧人談起細絮柔軟遙遠之地的隻言片語，這些天來的愁悶陰霾，被清掃了許多，騰出了眼下唯一需要他使出全力的思量餘地來。

慧遠幽幽打住，輕輕嘆息一聲：「眼下靈穀寺只有三個僧人在看守門戶。相比之下，無漏寺倒成了這三年罕見的僧眾未減、佛事如常的寶地，如今這樣的禪院屈指可數。」

鏡如鼓起勇氣說了一句他自己也不怎麼相信的話寬慰住持：「雖然眼下黯淡，危機四伏，但總歸是暫時的，哪怕三年，五年十年，光熙峰總會有見光的一天。」

慧遠需要這樣的寬慰。他抬起頭來靠近鏡如，眼裡滲出熱切的神色，聲音卻低沉下來。

「眼下的局勢，沒有任何一處絕對安全，只是暫時安全。但珍寶只要行進在路上，就大抵是安全的。」

他繼續講：「靈穀寺那守院的三個僧人，幾個月前有一人出了遠門。從南京到杭州，在石佛院停留的幾日見了幾大寺的方丈，然後到了寧波的七塔禪寺。他的旅行到這裡便結束了，啟程回了南京。然後七塔藏經閣的監院，前幾天來了舟山，又乘船進了島。」

「來我們這裡？」

「靈穀寺的人用了什麼緣由尚不清楚，前天來的人，是以七塔禪寺年初一個老僧示寂後傳生前講經印文的名義四處拜訪的，他帶了一筒經卷。」

「什麼樣的經卷？」

「並非靈穀寺的物件。這個夏天剛開始的時候，洛陽一處伽藍，和要搶地的村民發生衝突，方丈預料事態會變得嚴重，在寺裡大部分古物被砸燒毀盡的前兩天，連夜送走的一卷經。靈穀寺只是寶物經手的中間一站。」接著慧遠為鏡如簡單講了講古寺之間但逢劫難之事，搶救重要珍寶的聯絡密語和輾轉移交路徑是怎樣的邏輯，其實非常簡單，就如古時一些客棧聯盟之間藏匿他們想保護的朝廷捉拿要犯時，會有傳菜的小廝走動間的密語和只有客棧掌櫃才知道的暗門房間。伽藍寺院也如出一轍。」

「那一定是很重要的寶物了。」

「是古貝葉經。古貝葉經珍寶中的珍寶。」

「古貝葉經？住持剛才提到的洛陽伽藍可是白馬寺？」鏡如的眼睛亮起來。

「是的。燒經卷堆起來的灰都有一人高，法器古物悉數毀盡。但最寶貴的東西現在暫時在我們這裡。」

然後兩個人忽然停下對話。似乎都意識到對話至此，馬上要說到最重要的事項上了，剛才兩人海上疾雨般的語速驟停，變成了無聲的雨滴落在洋面。鏡如忽然覺得周遭的無漏寺景致忽然和第一天來這裡一樣陌生起來，難以形容的清透陌生感，像酷夏裡未曾預料到的冰涼雨滴，落在皮膚和唇上有甘甜的滋味。

「我已無從分辨最近島上很多反復在寺院外出現的幾個雜役打扮的人是哪裡來的，誰是一直在寺外觀察探聽的人。我不能大意。你們游泳課如常，這倒是好的，看上去我們沒有絲毫戒心。」

燭光忽然清亮起來，慧遠看了米蠟一眼，露出微笑：

「這是印度高僧當年用白馬馱來的那卷貝葉真經其中的一部分。得見貝葉真經如見佛面，不枉出家參學，雲遊十方。」

「要交付給我讓我帶走轉移到下一站？」

「大家知道我和你素來不睦，雖然我對無漏寺沒有防範之心，但這盒經放在你這裡最為安全。就算不是這個緣故，我也相信你護得住它。」

鏡如想說什麼，打住了，他要擔這個重任，不願說推卻之詞。

「現在我把它交給你了。兩日後，到我這裡來拿走乘舟去珞珈山。我現在只能指望你了。」

慧遠把盛著經筒的粗布袋交到鏡如手裡。「打開看看吧！現在，白天就不要看了。」

兩人燈下小心翼翼打開經筒，注視一片一片古老堅硬的貝葉良久。

「攝摩騰和竺法蘭的貝葉經？」

慧遠點點頭。

「您不怕它最終毀於我的手上嗎？」

「我寧可它毀於覆舟的釋子，也不願它毀於與怖魔相伴的狂徒。」

捧著經筒的人燈下點點頭。

「我記得兩個月前滿月時大家去印心池賞月，聽說你在永壽橋上為你父親祈福過。是他教會你游泳的嗎？」

「是的。他是一位植物學家，生病了，在上海的醫院治療，我母親和弟弟在照顧他。我既出家，已經不能照顧他了，我希望他逢凶化吉，一直活下去。」

慧遠生平第一次，電光火石間，用俗世父母的視角，想像了一下如果有一個眼前一樣倔強過於有主見有獨立世界觀的青年做骨肉，怕是父子之間生出因世界觀截然不同的罅隙是極有可能的，又或許，他的父親理解兒子。他想起法雨寺老住持的話，背給鏡如聽：「印光法師說過，唯我釋子，以成道利生為最上報恩之事。」

鏡如眼裡好像閃過一道極速掠過的淚光，他點點頭，低下頭想了想這句話，對著慧遠露出孩童感知到正在被理解時那般天真的笑容來。

慧遠告訴他，船在洪閥堂外，已經確定了行舟計畫時間，洪閥堂有外應住在島上的行舟人。夜間蓮花洋危險，對岸珞珈山的船會在半途接應。叮嚀了計畫的細節後，慧遠說：「還有時間，我不會再和你會面，這兩日把它們牢記於心。如果萬一發生變化，我也可以讓慧濟寺的天燈塔和尚發信號燈光。」

「是燈光暗語？像摩斯電碼那樣的暗語嗎？」

「一樣的原理，但用的是我們兩個島的燃燈光譜暗號，每三到六閃的不同方式，代表一句約定俗成的暗語。也可以很方便地在一句話之後約定執行它的地點和時辰。比如：舟子來接，蓮花洋中央，都是兩個島之間約好的暗語。後面停頓後再打出今夜丑時或者寅時的燈光，如此反復三次，對方就會收到。」

「原來如此。」

「你走之前，去拜拜地藏菩薩罷。我記得你剛來的時候說，無漏寺的地藏殿塑像美。」

「安忍不動猶如大地，靜慮深密猶如祕藏。」

「恐怕無漏寺護不住這些佛像了。島上你喜歡的摩崖石刻，按這次運動中的行事手段也可能被毀。離開之前，也再看一眼罷。」

這一夜半睡半醒中，鏡如腦中浮現出島上摩崖石龕裡的古造像，模糊的臉龐似在石上微笑，然而石龕終究一齊在他腦中暗了下去。

七・月下渡海

楊枝庵真人一般高的木雕觀音被運到普濟寺門口的石獅子下燒毀的那天，大乘佛庵的塑像也全部被砸爛，前寺更是遭遇了海嘯般的毀壞。

明岩穿著農夫的藍布衣褲，替無漏寺來前寺外查看運動的情況。無漏寺和其他島上名聲太小的叢林庵院們尚且還沒被騷擾或許根本不為武裝團看得上也未可知，沒有人會告訴他們山門嵌在海岸邊密林入口處的無漏寺算法雨寺的下院，雖然樸陋實際是最可能有「四舊習俗」的禪院。當然不會有人告訴他們，包括衛生所和警察所的人都對這些年輕學生組成的狂徒破壞隊伍感到厭惡和震驚。

明岩穿著這一身可以讓他避免被武裝團隊伍的推搡，但為自己被當成看熱鬧或參加運動的學生而芒刺在身，感到無比羞恥。他心似火燒，渾渾噩噩走著，海會橋蓮花池前就聞到了厄難的氣氛，那是煙薰火燒的味道。普濟寺永壽橋前他看見了一張非常年輕的臉，覺得似曾相識，一時想不起哪裡見過。年輕人高個子，相貌堂堂，胳膊和肩膀跟鏡如一樣有力，只是更年輕更白皙。他沒有看見人群中的明岩，明岩當時只不過是在寺前呆若木雞、萬箭穿心的眾僧中其中一位小沙彌罷了。明岩看見他的胳膊戴著紅色袖章，用力揮舞著，喊了一些好像很激動人心但聽不太懂的口號。從人群反應看來，比他年長的破四舊成員都聽他發號施令。幾個名稱叫「九一五」和「飛虎團」的戰鬥團在被示意要安靜，接下來的行動都要聽舟山中學代表指揮的時候，明岩聽見有人群中有人在小聲議論，這是某個首長的兒子，是舟山中學隊伍的總指揮。

「他是籃球好手呢，灌籃很厲害的！」一個豔羨的聲音小聲地說。

明岩睜大眼睛怔怔地看著小聲議論的兩個人，他原本在巨大的內心痛楚下防護式地產生了自救的麻木，這樣可以目睹熊熊燃燒大火中的塑像和佛經減少瞋恨。他以為短時間內不會再有被更迭的新痛被感知，但這句尋常的議論再次傷害了他。明岩和很多二十多歲才剃度出家來島上的僧人不同，他小時候就無親無依從山裡來到了無漏寺，在島上長大，城市中的體育運動和一切俗世生活都在圖書館裡讀到，以至於他曾完全分不清楚那些在圖書館借閱的外國十九世紀文學中，描述的城市生活和人物心理跟上海寧波的具體有什麼不同。他只知道去寧波四大叢林修學，跟著師父去上海龍華寺的時候，見到的施主們和外面的街市，跟中國北方作家書寫的情境也有很大不同。但鏡如的到來，像是印證了他久遠前讀到的那種虛構人物：身材高大，英俊，溫和，傲氣，才華橫溢。他放心下來，知道少年時在島上圖書館借閱的俗世間書並不盡是幻境杜撰，現實中原來是有這般人物的，而且不是王公貴族，就是和他一樣的出家人。也正是因為鏡如，給從前只有八段錦的島上帶來水上運動風潮，讓他以為凡擅長體育者，都是鏡如這樣高貴的人。

所以，眼前這個年輕的總指揮，正在狂躁鼓動大家毀滅法器佛像，燒毀經書，辱罵詆毀普濟寺的僧人揚言要把舊世界分子都趕出寺院的年輕人，他怎麼可以同時也是籃球好手？

不應該是這樣的。二十歲了仍然被住持說為人懵懵懂懂還沒長大的明岩搖搖頭喃喃自語。

一個看上去五十多歲的僧人費力地撥開人群試圖走到「戰鬥團」的隊伍前，但他老是擠不開最前面兩排密集如籬的人牆。明岩看著他踮著腳尖，在隔著前排的距離大聲喊著什麼，他朝那個人的方向開始挪動，想過去扶住他以免被踩踏，心裡忽然湧起一陣慌亂，覺得那人要說什麼會招致不利局面的話。但瘦削的僧人終究用力把自己移到了前排，一個強作沉穩又夾著一絲顫抖的聲音在人群中響起來。

「你好，你是舟山中學的代表對嗎？」

「你是誰？」隊伍裡的人厭惡又詫異地看著他，因為普濟寺的僧侶已經被集合規整在他們劃定的區域裡，這又冒出來一個風塵僕僕的和尚肯定就是其他廟的，那索性一起去砸了。

「我是鄞州天童寺的出家人。你是舟山中學的代表嗎？」他盯著發號施令的那個口沫橫飛演講的年輕人，希望得到回答。

「寧波的？寧波的來這裡幹嘛，你們寺不是已經被砸了嗎？」

「對，天童寺是遭到了你們破四舊的大破壞。你是舟山中學的學生對嗎？」

「是，怎麼了？我是舟山中學代表，也是這裡所有戰鬥團的臨時總指揮。」

「孩子，我也是舟山人，我是像你這麼大的時候當釋子入空門的。」

「請你叫我同志，或者你也可以叫我總指揮。我和你這類舊封建餘孽不是一路人，攀同鄉是沒有用的。」

「九一五」齊哄笑起來，蔑視地看著從已經被他們同類收拾過的天童寺冒出來這個不合時宜的舟山人。舟山中學總指揮臉上也浮著輕蔑又警惕的冷笑，如鷹隼一樣盯著眼前從寧波來島上的僧人，就像冷酷至極的武裝分子看著已經掃蕩過的區域仍有持械敵人完好無損出現在眼前，對方臉上的鎮定令他感到惱怒。

「同志，你好。人民的部隊是你們這一方的嗎？」

「部隊保衛人民，我們保衛革命和中央，當然是一方。」

「那麼大學生呢？和你們是一派嗎？」

總指揮環顧四周，做出氣宇昂然的姿態：「今天來這裡清除封建餘孽舊物的中學武裝團和衛校武裝團，我們畢業後，自然就會走向大學和社會工作崗位，你到底什麼意思，你想說什麼？」

「周總理下了文件，還專門派部隊保護靈隱寺，同志你可知道？」年輕的高中生指揮冷笑起來，沒有作聲，他知道那些衝動的首領或許會用愚蠢的方式回應這樣的圈套問題，但他不會正面回應，他畢竟是首長家生長的孩子，從小便懂得在關鍵時刻如何趨利避害。

「總理怎麼了？總理的指示就一定是對的嗎？」一個尖利的女聲從大夏天仍戴著綠色軍帽的齊耳短髮女生嗓裡冒出來。

「既然你們在發表演說，是在爭取真理，是在造反舊制。既然真理在握，為何不先和浙江大學的大學生辯論完再去定性什麼是四舊？在靈隱和飛來峰之間的古道上，有幾百個和你們一樣年輕的武裝團高中生和大學生辯論什麼是四舊，結論是靈隱並不是四舊，是有珍貴文明的古寺，不可以砸。天童寺被砸我已無力再說什麼，普濟寺和這個島上的古寺，都和靈隱一樣不是四舊，你可知道？這樣輕率地定義四舊，會不會只是你們未經馬列主義辯證就貿然的錯誤決定？」

他的聲音說到後面顫得厲害，因為靠近著燒佛經未燃盡的火，整個人在熱浪餘燼中似痛苦得身軀要扭曲起來，然而那只是氣體在作怪罷了，薄紗亞麻僧袍下的脊梁挺得如松柏般筆直，那是長年遵守「四威儀」的僧人慣有的儀態。

「封建餘孽，滾回你的鄞州地盤吧。」武裝團成員們怕首領失了威儀，一時按捺不住主動提高聲音罵將起來，避免無法接話的辯論。

「就是！別搬什麼總理和大學生了，想嚇唬誰？」

「辯論你個王八蛋，你這種不為人民做貢獻的吸血蟲也配辯論？笑死個人。砸你們寺的破東西心疼了？心疼了才好呢！我們還有的是舊世界要砸呢！」

總指揮始終冷笑著不和他對峙。明岩忽然想起來在哪裡見過他了。在百步沙，那天的課是在洪閬堂外的百步沙沙灘上的，他見過這個人，那時總指揮穿著海魂衫。

傍晚時分大家聽到一個壞消息。舟山水產學院、舟山中學、東海中學加上衛校幾個學生武裝團一起組成的破四舊隊伍需要休息，一天能砸燒的有限，只能一部分離島回家，一部分就地休息。島上所有寺院的船只都已被革命委員會控制，最近幾日嚴查出島的人尤其僧眾不許出島。

鏡如神色凝重望著千步沙，覺得空氣中有翅膀撲騰的聲音，但不知聲源何處。他意識到，住持的計畫只能用另外一種極端方式執行了，而自己終究要破壞夏安居不得外出行腳的古老規矩了。

那時明岩剛回僧寮不久，一時間心煩意亂，在只有他一個人的房間裡打了盆水反復擦洗篾席，準備入夜後如果睡不著就打坐靜心。

這時外面有人輕輕敲門。

鏡如走進來關上門，兩人對視沉默了幾秒，他問出了那個問題。

「住持那裡有燃燈暗語。現在你去山頂慧濟寺燃天燈塔，還來得及嗎？」

明岩一時呆住，怔怔地看著他，一個字也說不出來。

這就是訣別的時刻了。

在暗藍暝暝暮色中往山頂最高處慧濟寺快跑的路上，只有明岩一個人的喘息聲，他發現這條以前覺得漫長的路跑起來原來那麼輕盈，夏夜山路兩旁的植物都在給奔跑的人輸送沁人的清涼動力，陸地上的腳踏實地是那麼安穩那麼輕車熟路，一點點黑暗也不會帶來任何危險，疲勞根本可以忽略不計。可以把這樣的無虞換給即將有性命之憂的人嗎？

夜晚出發不走陸路也沒有舟的人真能活下來嗎？

有那麼一刻他甚至在想：值得嗎？鏡如是否需要這樣對得起無漏寺的託付，他只是個出家不算很長時間，從清涼寺來島上掛單的雲遊僧罷了。

值得嗎？

他現在還有任何可能找到一艘船嗎？

沒有時間了。

已經到了最後的境地，不能再作無謂的等待，多等一刻都是置無漏寺的託付於險境。

「或因治生，或因公私，或因生死，或因急事，入山林中，過渡河海，乃及大水，或經險道，是人先當念地藏菩薩名萬遍……」

千步沙這個時間沉浸在一片柔和的暗藍色中，鏡如穿上他俗世父親贈送他的貴重禮物，一件全身包裹的阻水泳衣，光著腳，背好一個貼背的防水背囊。裡面沒有任何換洗衣物，只有一打他帶來的泳褲和一個經筒，綁在背部固定後，並不會阻礙他在水中保持流線型。經筒被他拿去廚房找來油紙仔細想了一遍，石霜卻明察秋毫地對他說：拿來我包，不會進水。

海的黑暗氣氛籠罩過來，明岩打了一個寒噤，為汪洋中某處正陷於夜浪中和水搏鬥著前進的人感到擔憂，他希望海中的游泳者不會有半秒被海浪吞噬任何一毫厘的呼吸，祈求勇猛的體力會在這個夜晚加倍降臨於大海中孤獨的泳者，祈求珞珈山的小船會如約而至，儘早地在渡海者眼前燃起生之欲望的船燈。明岩沒能像住持那樣得知鏡如已經離開時臉上悲喜交加隨即又陷入深深憂慮的神情，他無法和慧遠一樣轉頭回到方丈的寮房沉靜下來念經祈福。

明岩腦子陷入一團亂麻，還不合時宜想起鏡如送給他的古希臘神話故事書上，在赫勒斯滂海峽橫渡時葬身魚腹的勒安得耳。

還沒進入深海水域時，周圍雖渺茫無際，鏡如尚能保持著良好的流線身形，像一艘敏捷的快船在水中行進，有時候海浪甚至推動著他，人如同騎在浪上。二十分鐘後，正沉浸的夜海變得淒怖起來，周圍一切令人戰慄，因為人本不該屬於這樣黑暗的海。人在緊張狀態下，呼吸會變得又快又淺，半小時後他意識到自己已經進入深海，古有死諫，現在他在危險的蓮花洋水域中做不可思議的死泅，緊張讓他陷入淺呼吸的迷思，平時游泳很少會遭遇到的快速疲勞蔓延開來，這是不利的信號。海中一些詭異的暗流碎浪讓他好些次在換氣呼吸時鼻腔進水，那些浪像是會昌法難年間心鏡禪師對其說法之巨蟒幻化的海蛇，鏡如的冷靜被打破時，胃也隨之隱隱疼痛起來。

或許今晚會帶著貝葉經經筒死在這片蓮花洋了，他已經盡力了。他想起自己出家前俗世中的父親，被定性成極右的植物學家父親，又想起母親，或許正在病床邊昏黃的檯燈下打盹夢見入了空門的兒子？但一個海浪過來，那盞燈被熄滅了。換氣時因為夜浪的冰冷和幅度，讓他沒有做到平日裡那樣飽滿地吸進氧氣，這導致的緊張讓他胃疼加劇起來。他為自己沉重的肉身竟完全無法如想像般適應夜海波濤感到一絲絕望。

但很快，鏡如默念起經文來，或者說，黑暗中一些經文主動閃進了他正在慢慢由強壯變得微弱的意識海洋。

「昔我古世時，曾為剎利王。名為鼓摩休……」

「如我昔為歌利王割截身體，我於爾時，無我相，無人相，無眾生相，無壽者相。何以故？我於往昔節節支解時，若有我相，人相，眾生相，壽者相，應生瞋恨……」

摩崖石刻上的佛像在黑暗中露出莫可名狀的微笑，鏡如感覺到那目光是從海上的虛空中向他俯視的。這一剎那他感覺更清冷透澈的氧氣深入了肺部，心理緊張帶來的淺呼吸消失了，他能大口用口鼻吸進氧氣充盈正快爆炸的肺，剛剛的胃疼也隨之消失。

這是行至兩公里的時候，他調整了呼吸和身體狀態，他估計自己在海中還能撐一段時間。但眼下仍然看不見任何船的痕跡。他開始不去想珞珈山那邊是否接到了山頂天燈塔的特殊燈語，覺得自己已經能夠坦然面對死亡，願意接受最終力竭時帶著經筒和他的十二條泳褲沉入黑暗。

又過了好一會，他猜想自己大概已經游了兩三公里。這三公里海域行進中絕大多時候他用自由泳行進，只偶爾在需要往前眺望時用蛙泳來間替，在遇到無法規避的浪從前方襲來左右又無法如願呼吸時，他幹脆用起了海豚式波動，用手部休息只靠蝶泳腿鞭狀打水的方式在水下行進，等無序的碎浪過了之後再出水面。這種偶爾的交替可以調整身體的姿勢也能起到奇妙的休息作用。平時白日在平靜的水域游泳時，他知道蛙泳抱水的時候前方的藍色是柔和的，自由泳抱水偶爾會在身下產生碎星一樣的氣泡。現在這些很微小的氣泡在黑暗中環繞著升騰撲在臉上。他看不見，但感受得到它們在黑暗水流中的模樣。鏡如在想，人在星辰下的海裡游泳，就可以和天上實現對稱，如果上面的星星也每時每刻都和他的胸腔一樣在爆炸的話。

過了很久很久，似印度的高僧帶來的白馬馱著貝葉經來到洛陽又到了鏡如所在的年代那樣歷經了數個世紀的長夜，當他已經機械得變形的划水快僵掉時，進入念經時常有的入定狀態，已經不再每時每刻體驗到划水和打腿的力度。良久，他看見了無邊無際的黑暗上出現了昏黃的亮光，很快就見到一條小船，提著燈的人有一張分外焦慮的臉。這樣的木船，在看到對岸天燈塔的異常閃爍時再到匆忙中的出海，在夜裡的蓮花洋行駛幾公里燃燈接應，已實屬不易。但掌燈人沒想到接應到的是游泳的人而非馭舟的人，這個燈語並沒有說。

離近後鏡如終於看清了。是那個少了一條腿的珞珈山人。

這夜淩晨四點，外面有人拍門。慧遠面如死灰，以為是海上傳來噩耗。革命委員會的七個人在外頭，說要趁島上所有僧眾都在的時候點一次名，順便進來查看有無轉移物件的跡象。僧寮的燈在這一刻全部亮了起來。

「有什麼必要這個時候來點名呢，這裡是寺院。」一個極力壓制憤怒的聲音問。

「不這時候來查看，誰知道你們在偷偷藏什麼東西？」一個沒好氣的聲音厲聲喊道。

慧遠示意大家忍耐。眾人默默立著。

「少了一人。」

「誰？」

「一個掛單的，叫鏡如。」

隨後他們對著冊子念了一個名字。除看過僧冊的老維那和住持之外，無漏寺的人也是第一次聽到鏡如的俗名。大家在壓抑的氛圍中依然怔了怔，在心裡把鏡如的另一個名字和他關聯起來。

慧遠打了一個呵欠，露出厭倦之色。「打發走了，他本不是我無漏寺的人。我也不允許有人持續以無漏寺之名辦戲水的聚會。」

「島上現在封禁了，沒人上島沒僧人出船，他怎麼走的？！」

「就在你們封禁的頭一個清早走的，你們沒查海岸碼頭嗎？」

無漏寺的樸陋、乏善可陳讓來的人頗為失望，四處隨機搜了一遍，又去僧寮翻了一遍，慧遠的房間進了兩個人仔細翻查，最後像是後悔來了這裡便很快走了。但不知道還會不會再來。

黎明的光亮來得太早，古老的珞珈燈火在日光中是熄滅的。直到十多個小時後天色再度暗下，無漏寺和慧濟寺天燈塔的人才等到了對岸燈塔讓人心安的不規則閃爍。明岩倒頭沉沉睡去，在夢裡清晰地看見勒安得耳對他說，有的故事有另外的隱祕結局，見燃燈者的善泳者，是不會死的。

醒來他知道，自己又把佛經和希臘神話故事渾渾噩噩攪到一起了。

明岩後來每每憶起再未曾見面的鏡如，意識到他在自己生命中，是只屬於島上丙午年那個夏天的幻影。鏡如沒有見到冬季島上密密濛濛的海上大霧，還沒來得及幫住持整理無漏寺的著作，他在島上眾僧的記憶中，只屬於夏天，夏安居的時月。島上的人從此再沒有見過他，也沒有人在那十年間於江浙任何一處下放農場或是生產勞保用品的合作社見過鏡如。後來有人說鏡如離開珞珈山之後，還了俗回家和他的父親重逢，有人說他只是離開了舟山海域，去了遙遠的別處。

一九七九年僧尼陸續返島的夏天，明岩和合作社的僧人們一起返回了無漏寺，在殿宇殘敗的島上開始重建。北京故宮按中央指示給島上撥來第一批文物的那天，銀亮的海面光波，像藍色寶石鏡面，是鏡如第一次在千步沙下水那樣的嬰兒藍。

明岩和淨芳一起去海會橋前看送文物卡車隊伍的熱鬧，又看見了之前和鏡如在永壽橋月下祈福時見到的白色大鳥，不知道是不是同一隻。明岩早已不是當年渾渾噩噩老是把希臘神話和佛經故事攪在一起的小沙彌了，但他在那一刻仍然想起了鏡如曾講過的他最喜歡的伊卡洛斯。人人都知道伊卡洛斯的蠟製翅膀融掉後掉進大海葬身魚腹，其實他的身體在落到海面的那一刻就開始了非凡的自由泳。

誰會想到飛翔之前隨身攜帶游泳褲練好在大海游泳的本領呢？但永壽橋上的白色大鳥和明岩都知道，我們伊卡洛斯恰好就是這樣能在月下渡海的人。

評審評語——

本篇以中國浙江省舟山群島中的普陀山為故事背景，前半部幾乎是此一海天佛國的「歲月靜好」。作者以古雅優美的文筆，不疾不徐，細細描繪寺廟裡幽靜的生活日常；再以突然出現的掛單年輕出家人，導出小說的衝突性。幾處佛教教理的辯證、裸身下海游泳的戒律突破，成功創造了這名佛國的傳奇人物。

文革時期，普陀山遭遇空前絕後的大破壞，作者寫來雖舉重若輕，卻讓人領會守護宗教的至高理性；作者駕馭「控訴」這個文學主題，寫出了超越的意義，臻至純粹的境地。乃因「游泳」作為全篇自度度人的隱喻，最後冒死泅泳、拯救經典的一刻，也成就了另一隱喻：「自由式」。

由於作者使用電腦功能鍵簡體轉繁體，導致某些字詞改變了原本的文義，如「干」涉轉成「幹」涉，參加正規的文學獎競賽，作者對文字應更為謹慎誠意。

——李金蓮

獲獎感言——

這篇小說獻給我深愛的父親。他於今年四月去世，我在他離去的前一天晚上於病床邊曾告訴他我寫了一篇和游泳有關的小說，是為他寫的，我爸爸聽了很開心。

這篇寫於去年我每天都去游泳的夏季，在我每次游自由泳一千五百米，偶爾三千米胸腔快要爆炸的時候，總是能想到當時忌諱提及的死亡。而現在我不再懼怕，因為和小說主人公一樣，伊卡洛斯墜入海中依然可以自由泳，還會和他的父親重逢。感謝全球華文文學星雲獎照亮創作者孤獨的寫作之路。

叁獎

第十四屆全球華文文學星雲獎

短篇歷史小說

長春月明

詹雅量
自由創作者、作詞人

學歷——
逢甲大學企業管理學系

經歷——
第十一屆全球華文文學星雲獎短篇歷史小說參獎

長春月明

序

昭和二十年（一九四五年），八月　吉林，關東軍指揮所

夜闌人靜的牡丹江，彷彿不過尋常又一晚。

江上忽起陣陣波瀾。

一架蘇聯 Pe-8 轟炸機有如巨型伏翼從夜幕竄出，它臨江低空而飛，像隻嗷嗷待哺的惡獸。

當鎖定狩獵目標後，一枚五噸炸彈從牠身上精準落在江邊的關東軍防區，只聽驚鴻巨響，軍營瞬間亮如白晝，關東軍驚恐模樣無所遁形，昔日高傲的眼神不再，只剩瞳孔中垂死的恐懼，折翼的十六條旭日旗在火光中孤立無援，最終化為灰燼。

內蒙古，大興安嶺

又一名日本軍官切腹自殺。

白雪覆蓋的樺木林內，偵查員島川藏身其中，他努力屏住呼吸，握著望遠鏡的手不住顫抖，只見數以千計的 T-34 坦克正橫越內蒙古大漠，濺起滾滾沙塵，朝大興安嶺筆直而來。

島川沒料到蘇聯軍隊速度如此之快，發到總司令部的求救電報也遲遲未回覆，他自知難逃一死，與其他三位隊員相互擁抱後，面向東方天皇居所五體投地行禮，接著拔出腰間的武士短刀。

冷風簌簌將時間凍結，陽光透入林內，刀刃閃著亮光。

島川深吸一口氣，握緊刀柄，倒轉刀尖，心一橫，朝腹部緩緩刺入。

皚皚白雪中漫出數朵血紅。

太平洋，北庫頁島

一群海鷗急速飛離海面，往北方森林逃竄，準備躲避來自太平洋東側的猛烈炮擊。

關東軍的破冰船大泊號、測量艦勝力號、以及兩艘驅逐艦吾妻、淺間號都相繼沉沒，船上生還者跳海後只能潛進水底，避開隨之而來的轟炸機掃射。

同樣被水雷擊中的同丸號已無法撤離，滯留在蘇聯海軍的射程範圍內，艦長宣告棄船，炮兵將炮口朝向船身數十倍大的蘇聯巡洋艦，發射出最後一枚軟弱無力的彈藥。

蘇聯遠東總司令普爾卡耶夫胸口上整排的勳章在烈陽下刺眼逼人，眼見招降無效，他高舉右手，下達攻擊指令。

三艘巡洋艦的炮塔同時轉向關東軍海軍基地，接著就是炮聲隆隆。

士兵不斷填裝印有俄文死神「Смерть」字樣的炮彈，戰機從甲板上依序起飛，同時載滿蘇聯海軍步兵營的運輸機，也筆直朝庫頁島上最大的軍用機場挺進。

第一部　長春

I

未離故國亦天涯。舊夢新生寧復差。
出日寅賓何處是，休因喬木問京華。

——愛新覺羅．溥傑

康德十二年（一九四五年），八月九日　滿洲國，新京

勤民樓內一座英製鎏金塔式鐘，像宣布審判似，響起整點報時聲。
溥傑從夢中驚醒，發現自己仍身在滿洲國。

在夢裡，他回到當年與妻子嵯峨浩成婚時的東京軍人會館，只見他身穿滿洲國大禮服，嵯峨浩則是白衣內裡外搭唐織雲紋罩衫和緋紅日式褲裙，一頭烏黑秀髮結成島田髻，溥傑只覺得世上再也沒有人比嵯峨浩更美，他輕輕握住妻子的手，嵯峨浩也對他微笑。

婚宴現場有許多關東軍高層，他們的媒人本庄繁大將夫婦、首相林銑十郎都是席上賓，然而皇室與貴族的席位卻空蕩蕩，溥傑知道是關東軍從中作梗，主導宴客名單，他擔心嵯峨浩心情受影響，將她的手握得更緊。

會館外氣氛也很熱烈，滿街都是揮舞日本旗與滿洲國國旗的慶祝民眾，茫茫人海中，溥傑看見了哥哥溥儀，以及父親醇親王載灃。

溥傑朝他們猛力揮手，轉頭正想和妻子介紹家人，卻發現嵯峨浩已不在身邊，他連忙起身尋人，只見嵯峨浩站在另一頭的舞台正中央，正與幾個身材高大、衣著紅藍相間的壯漢對峙，在她身後是他們的兩個女兒，還有倒地的大嫂婉容皇后。

溥傑使勁往舞台方向靠進，卻被祝賀群眾包圍起來，每個人都對著他大喊恭喜，說他要做皇帝了。

溥傑只覺得呼吸愈發困難，想呼喊嵯峨浩的名字卻叫不出聲，只能眼睜睜看著自己被人群愈擠愈遠……

「現在幾點了？」

有人大聲詢問，溥傑拭去額頭的汗珠，瞄一眼左腕上溥儀送他的百達翡麗腕錶。

十點零一分。

徹夜未眠讓所有人都心煩氣躁，收音機的廣播被一陣雜訊打斷，一名關東軍狠狠敲了幾下。

「長崎市的高空天氣晴朗……雲霧開始慢慢增加，但不至於影響任務……」

收音機內傳來美國記者的即時播報，聽到長崎的英文，每個日本人都專注聆聽，除了醉倒在會議桌上的篠田中尉，他年邁的父親還在長崎老家，任憑他怎麼苦勸，都不願搬離這座眼下離死亡最近的城市。

溥傑原本也很擔心人在東京的大女兒慧生，得知美軍攻擊地點選定廣島與長崎後才稍微放心，不過他仍不敢大意，三天前廣島原子彈爆炸後，死傷人數從三萬人不斷攀升，稍早據傳已有六萬人罹難，且爆炸後的衝擊波和輻射無法有效攔阻，目前尚不確定擴散範圍多廣，美軍是否還會攻擊其他城市也未可知。

溥傑推算時差，目前長崎市應該中午十一點，正是人聲鼎沸。

市區的上班族，正要準備去買午飯吧？慧生在學校能專心嗎？

溥傑心亂如麻，他拾起掉在地上的《帝鑑圖說》，隨手翻幾頁就擱一旁，這本大清歷代皇帝必讀的治世寶典他早已滾瓜爛熟，卻不曉得究竟何時有機會用上，眼下滿洲國風雨飄搖，他與兄長復興大清王朝的夢想也愈趨渺茫。

門外迴廊傳來一陣熟悉的咒罵聲，以往總是寸步不離溥儀身邊的帝室御用掛吉岡安直正對著傳令兵咆哮，溥傑聽不清他說什麼，但知道一定又收到日軍敗退的消息。

十點零二分。

時間慢如蝸蛞，溥傑的心懸如累卵。

「我們看到街道了，目前飛行高度九千公尺……已鎖定投擲目標，進入發射程序，預計一分鐘後命中……」

收音機裡負責執行轟炸任務的斯維尼少校語氣激動，溥傑知道廣播會有時間誤差，這時原子彈應該已經在長崎爆炸了。

關東軍全體沉默不語，就這樣過了一分鐘，有人開始掩面痛哭，有人面向東方跪地磕頭。

傳令兵火速遞來快電給吉岡安直，吉岡閱畢眉頭緊鎖，他走到會議桌前，把還沒醒來的筱田中尉狠狠推到地上，握著電報的手不住顫抖。

「大日本帝國標準時間八月九日，上午十一時零二分，美軍在長崎市松山町171區，確定引爆一枚Mk-3型原子彈。」

四周傳來一片哀嚎與咒罵聲，倒在地上的筱田中尉似乎聽到了，忽然咧嘴大笑，接著雙目流淚。

吉岡安直示意所有人安靜，神情更加嚴肅。

「蘇維埃共和國聯邦，於今日凌晨已片面毀掉日蘇互不侵犯條約，正式對大日本帝國宣戰，現已朝滿洲國發動三面攻勢。」

他頓了幾秒，語氣虛弱，

「目前敵軍動向都在我軍掌握之中……」

溥傑知道事實並非如此，那些身經百戰、自視甚高的關東軍將領，平時在吉岡說完話時都會大聲附和叫嚣，此刻整個議事廳鴉雀無聲，只傳來筱田中尉的打呼聲。

吉岡安直宣布今晚緊急御前會議的時間後便逕自離開，廳內開始竊竊私語，有人認真討論與蘇聯軍的作戰方針，有人擔心日本的家人，甚至有人提到投降。

溥傑心繫妻女，和幾位滿洲官員交換完意見就先行離開，返家前他先繞往緝熙樓，打算和溥儀報告剛剛的消息。

溥儀寢宮外頭的侍女正打著呵欠，見到溥傑慌忙行禮，溥傑示意他們先退下，自己輕聲步入房內。

一進屋，一股濃烈藥草味混雜檀木香氣撲鼻而來，餐桌放涼的飯菜完全沒動過，溥儀坐在面窗的書桌前，消瘦背影有如枯木。

桌上散落薩滿教的檀版、神刀、以及藏傳喇嘛開光過的法器，溥傑拉開厚重的紡紗窗簾，昏暗的室內瞬間明亮起來，溥儀卻無動於衷，依舊雙目無神，直勾勾盯著一座浮雕紫水晶佛塔。

「紫禁運盡，新京續命，紫氣轉紅，新造九龍……」

溥儀口中不斷喃喃念誦占卜師告訴他的預言，若有一日水晶由紫轉紅就能扭轉命運，溥儀相信那時他就能擺脫滿洲國的魁儡皇帝，重返紫禁城。

「溥傑，你看這浮屠塔什麼顏色？是不是有些微紅？」

溥傑望了紫水晶一眼，又見到溥儀殷切期盼的模樣，原本想勸說的話到了嘴邊又吞回去。

「啓稟皇上，是紫色的。」

「是嗎？」溥儀拉著溥傑湊近水晶塔，「很快就會變紅了，溥傑，我們要離開這裡了，我有信心。」

溥傑沒有接話，他簡短將美國投下原子彈、蘇聯宣戰及天皇準備投降的消息告訴溥儀，溥儀貌似在聽，眼珠卻只在佛塔上打轉。

「皇上，龍體為重，請記得用膳。」

溥傑嘆了口氣，離開前替溥儀將窗簾拉上。

離開緝熙樓，穿過一整片杏花林，溥傑回到自己居所。本就空蕩的客廳，在關東軍要求全國捐獻鋼鐵的命令發布後更顯清貧，溥傑與溥儀為皇室須以身作則，上週同德殿上的四個合金大吊燈才盡數拆下，溥傑家則連僅有的窗框跟吊檯燈架都盡數繳交，好在他與嵯峨浩生活本就恬淡，也不以為意。

餐桌上擺著簡單幾樣菜、一碗高粱米飯和味噌湯，溥傑打開湯蓋，湯還冒著熱煙。

他們家雖還有些許白米，不過眼下滿人老百姓都只能吃高粱或小米，溥傑決定與其共進退，他先上樓，嵯峨浩與小女兒嫮生正在午睡，他確認兩人都安好後才下樓用餐。

溥傑邊吃邊看著報紙，《滿洲日報》選用的封面，是美英法蘇四國代表於倫敦簽屬《國際軍事法庭憲章》的照片，溥傑知道他們將於德國紐倫堡組成軍事法庭，準備對納粹戰犯進行審判，下方篇幅則是負責長崎原子彈任務的斯維尼少校專訪。

溥傑翻了幾頁，大多內容都是日本軍方的信心喊話，或是像「千葉縣所有醬油公司齊力捐出醬油瓶，準備填裝火藥阻止美軍登陸」、「廣島核爆後連下了好幾天的黑雨」等日本本島消息，滿洲國內的新聞同樣少之又少，只有天氣預報，還有昨日吉岡安直接受報社採訪，針對美國原子彈攻擊的看法，溥傑和溥儀同樣受訪卻未被刊出，他早已習慣也不以為意。

吃飽後，溥傑將碗盤收拾洗淨就回到書房，平日飯後他都會閱讀再小憩，今日卻怎麼都無法靜心。

牆上大幅滿洲國國旗格外顯眼，黃底與左上長方形內的紅藍白黑線條，原意是象徵滿、漢、蒙古、大和與朝鮮五族在滿洲人統治之下共榮共和，溥傑想到他們這十幾年來不但無法實踐滿腔抱負，更如提線木偶般處處受關東軍掣肘擺布，不由得長嘆一口氣。

「十三年了。」

溥傑在書房來回踱步，視線移往右側櫃子上一台英國HMV留聲機，上頭擺著一張七十八轉SP唱片，這是三年前滿洲國十週年國慶時，為了恭迎高松宮殿下來訪，由當時四歲的慧生所演唱的高松宮殿下歌。溥傑還記得當時溥儀和高松宮殿下誇下承諾，會在五年內將滿洲國打造成世界強國。

窗邊畫架上一幅巨大橫幅畫作尚未完成，這是嵯峨浩準備明年給溥儀的十四週年國慶禮物，畫中溥儀身著龍袍站在宮內府大廳宣講，皇后婉容、溥傑、三格格韞穎和丈夫潤麒、以及其他愛新覺羅家族都簇擁在旁，關東軍與滿洲軍官侍立左右，外頭滿滿人潮，滿洲旗與日本旗海搖晃，像極當年溥傑與嵯峨浩在東京的婚禮盛況。

畫中溥傑的左手邊留了個白，嵯峨浩並沒有把自己畫上去，她告訴溥傑在日本他們會用達摩畫像許願，當畫下左眼時許下願望，而當願望實現了，就把右眼補上，他們倆就像是達摩的雙眼，當願望達成時，嵯峨浩就會把自己畫上去，而他們共同的願望，就是日滿親善、世界和平。

真的還有機會嗎？

看著畫裡身邊少了枕邊人，溥傑越想越不安，決定晚點請嵯峨浩把她自己畫上去，他將視線從畫上移開，播放起高松宮殿下歌，慧生稚嫩清澈的歌聲配上岩田壽子老師的伴奏，瞬間將溥傑記憶拉回三年前。

他想慧生了。

※※※※※

今晚的夜色並不尋常。

從日本搭船渡海，隨著嵯峨浩來到滿洲國定居的梗犬戶之助，已經朝窗外叫了一個多時辰。

嵯峨浩強忍睏意，睡眼惺忪地打開燈，將戶之助抱在懷中。

「你這是怎麼了？」

戶之助烏黑的雙眼骨碌碌轉不停，無辜地望向窗外。

嵯峨浩順著往外看，凌晨兩點的滿洲國萬籟俱寂，天空漆黑如墨，伸手不見五指，只有最遠方偵查站有幾盞零星燈火在飄動。

「乖，沒事。」

嵯峨浩溫柔輕撫戶之助後頸，她怕吵醒溥傑跟嫮生，決定抱牠下樓，怎料才剛踏第一個階梯，戶之助忽然用力掙脫嵯峨浩往樓下飛奔。

嵯峨浩正想快步跟上，只覺一陣暈眩，下一秒全身都在晃動，接著是地板、牆壁、整個屋子都大力搖晃。

「嗚～～～嗚～～～」

空襲警報嗚笛聲大響，嵯峨浩努力穩住身子退回房內，溥傑已護住大哭的嫮生，三人緊緊相擁，約過五分鐘左右，晃動才停止。

「是地震嗎？」
嵯峨浩的手緊抓溥傑不放。
溥傑搖搖頭，只見窗外一顆像流星的火球劃過夜空，落在宮內府南方一千五百公尺處的憲兵隊總部，整個滿洲國再次隨巨響劇烈震動，夜空竄起漫天火光，緊接著一連串槍炮聲，天空如煉獄染成火海，數架蘇聯飛機來回盤旋，準備伺機再攻。
「宮內府附近起火了，是敵軍襲擊。」
「是美國嗎？」嵯峨浩問。
「飛機從哈爾濱方向過來，應該是蘇聯軍隊。」
為了避免下一波攻勢再起，溥傑和嵯峨浩抱起嫮生迅速前往同德殿，躲進東御花園假山後的防空洞，只見溥儀、婉容、韞穎、潤麒和其他滿洲貴族都已經在裡頭。
溥儀看到溥傑他們面露欣喜，接著又大聲怒吼。

「吉岡安直呢？那個御用掛不是說無時無刻都緊跟著朕，這時怎麼不見人影？」

他一一唱名不在場的關東軍將領，嫮生頭一次見到大伯如此震怒，嚇得一動也不動。

「小嫮生別怕，他那只是虛張聲勢，沒什麼。」

轀穎抱著嫮生輕聲安慰，嵯峨浩卻發現轀穎的身子也在顫抖，便握住她的手，倒是婉容指著溥儀嘻笑起來，整個防空洞都是她的笑聲與溥儀的怒吼。

洞內隔音效果佳，聽不見外頭動靜，嵯峨浩只隱約記得溥傑不斷安慰溥儀，然後就迷迷糊糊睡著。這兩天變化實在太巨大，她昨日一早才要帶嫮生出門遛犬，就收到美國轟炸長崎的消息，接著所有記憶都是模糊的，她忘記怎樣哄嫮生回房，也忘了如何替溥傑準備午飯，她的淚水沒有停止過，直到溥傑回到她身邊。

待嵯峨浩醒來，眼前已是晨光熹微，防空洞假山被移開，溫煦的陽光照進洞內，並傳來熟悉汪汪叫聲。

「戶之助！」

嫮生開心抱起朝他們跑來的戶之助，溥傑確認外頭安全後，扶著溥儀先行，潤麒幫忙指引眾人出去，只見花園依然錦簇，宮內府那牆卻僅剩斷垣殘骸，吉岡安直癱坐在碎石堆裡，早已失去往昔風采，見到溥儀也不再緊迫盯人，只默默點頭。

嵯峨浩注意到許多關東軍都扛著行李包裹，似乎準備撤離，果不其然，吉岡安直在中午臨時召開的緊急御前會議中宣布，由於蘇聯加入戰爭，關東軍將放棄新京，把首都遷至臨江奉天，並要求所有人最晚十一日須撤離完畢，也就是明天。

滿洲國官員紛紛表達嚴厲抗議，眼見木已成舟，只得趕回家收拾行囊，溥傑陪著失魂的溥儀先回緝熙樓，嵯峨浩則帶嫮生回家，一到家將嫮生安頓好，嵯峨浩立馬整理簡單的盤纏和衣物用品，她知道這是逃難不能帶太多東西，隨身貴重物品只挑了幾件母親送的首飾、溥傑送她防身的小刀、以及皇太后當年親手交給她，鼓勵要在滿洲國開花散葉的白雲花種子。

望著屋內沒有要帶走的東西，嵯峨浩回憶翻湧上前：當年初到滿洲國，韞穎教導她清宮禮儀時的第一雙花盆底鞋和大拉翅扇形頭飾；慧生五歲生辰溥儀送她的史特拉瓦底小提琴，兩人還當場合奏了嘉禾舞曲（Gavotte）：還有去年與溥傑結婚七週年，溥傑送她的法文版《陶潛詩集》，裡面有法國華裔畫家常玉的插畫及親筆簽名……

其他還有嫮生滿周歲韞穎請工匠按她身形製作的小格格人偶，以及母親從東京送來的Q比祝福娃娃……每樣嵯峨浩都捨不得，她將《陶潛詩集》拿在手上猶豫好一會，最後還是擺了回去。

忙了一下午，嵯峨浩整理好三個包袱，一個裝換洗衣物與日常用品，一個裝滿有紀念價值的首飾珠寶，若盤纏不足也能變現，第三個裝了一些雜物，包括她和溥傑最常看的幾本書、筆記、皇太后的白雲花種子、嫮生挑的幾樣玩具。

嵯峨浩接著走進書房，看著畫架上那幅尚未完成的作品，她原本都想好名字要叫「日滿同心」，眼下已沒法完成，畫中孤零一人的溥傑神色似乎顯得酸楚，嵯峨浩內心生起不祥預感，不願再看。

即便沒法帶走這些畫作，嵯峨浩也用布好好包裹起來，整齊擺放進畫箱，她輕撫用了好幾年的畫筆，一併裝進箱內蓋好，這一蓋，將日滿一家親的願望，以及她從小的畫家夢通通闔上。

傍晚溥傑帶了幾樣御廚做的菜回來，因為溥儀知道這是他在滿洲國最後一餐，要求御廚比照紫禁城中他喜愛的菜色，雖無法完全相似，也比平日豐盛許多。

吃完飯，溥傑又將嵯峨浩整理好的包袱縮減，那些他曾經手不釋卷的書都留了下來，兩人牽著手好好巡了屋子一遍，與住了將近七年的家做最後道別。

離開時，戶之助在灶爐前熟睡，嵯峨浩當然捨不得拋下牠，卻也明白與其和他們一起流浪受苦，不如好好待在這裡。

戶之助似乎知道主人要離開，背微微起伏。

「母親，戶之助不跟我們走嗎？！」

嫮生天真的問話讓嵯峨浩更加愧疚，她邊走邊想著如何跟嫮生解釋，還好嫮生以為和往常一樣出遊非常興奮，轉眼就忘了戶之助的事。

一路上幾乎不見人影，平常逛的店家大多都已撤離清空，倒是市場內幾個攤子還在營業，他們見到嵯峨浩親切地微笑點頭，與往昔無異。

來到下一個街道，許多日僑民兵正在挖掘溝渠，溥傑解釋關東軍不想讓蘇聯輕鬆進城，希望能多耗幾天，嵯峨浩看著那些在泥濘中掘土的同胞，每個灰頭土臉、雙手滲血，她很想上前關心，但知道說什麼也沒用。

穿過杏花林，他們在緝熙樓與溥儀會合，溥儀一行人拖著滿滿好幾大箱物資，因此導致腳程緩慢，眼看天色漸暗並飄起雨，溥傑建議捨棄部分物品，溥儀卻堅持全部留下。

「我們是遷都又不是逃難，為何要放棄資產？」

等抵達關東軍指定的集合點新京神社時天已全黑，吉岡安直早已不耐煩，他要求所有人改帶輕便包袱，溥儀嚴厲反對，吉岡安直沒有搭理，其餘人見狀都默默打開箱子，翻箱倒櫃起來，溥儀氣得臉色鐵青，手中緊握的水晶佛塔在掌心印出血痕，並和吉岡大吵起來。

嵯峨浩沒有在聽他們吵什麼，她此刻目光都在神社裡，上百位的日籍中小學生在天照大神前跪拜，他們頭上圍著日本國頭巾，手中握著竹槍，每個都神情肅穆，有個孩子餓到哭，被關東軍狠狠踹了一腳。

「願天照大神澤被後世，大日本帝國武運昌隆，吾等誓死追隨天皇、捍疆衛土，願旭日永昇，共抵外邪魑魅魍魎……」

拗口的誓詞，從六七歲小童口中說出竟如此自然，只見領頭大男孩一聲令下，所有男孩女孩都迅速起身，用顫抖的小手握緊竹槍揮舞，裡頭最小的男孩大概五、六歲，跟嫮生差不多年紀，槍都拿不穩，想到他們可能明日就要面對鐵血無情的蘇聯軍隊，嵯峨浩流下了淚，她牽緊嫮生，在孩子稚嫩的吆喝聲中加速離去。

眼見雨勢漸大，大夥紛紛撐起傘，兩百多名的宮廷職員與家眷由關東軍警備隊與禁衛隊護航，形成長長「傘龍」的壯觀畫面，沿途遇到不少也在趕車的百姓，都被關東軍擋下讓嵯峨浩等人先行，雖然夜色昏暗看不清他們臉上表情，卻能明顯聽到細碎的抱怨聲。

好不容易進到車站，裡頭更是車水馬龍，許多找不到位子的人直接席地而坐，還有年長者橫躺在地，看來都等候許久筋疲力竭。

列車長看到嵯峨浩他們立刻前來迎接，吉岡安直和他說了幾句話，並向兩名禁衛軍使了眼色，其中一人用力猛踢入口處坐著休息的老翁，另一人直接對空鳴槍。

嘈雜的車站瞬間安靜下來，所有人都趕忙為吉岡安直讓出空間，入口的老翁倒地不起，禁衛軍又要補上一腳，被溥傑制止。

「不需要這樣。」

溥傑擋在禁衛軍前，將老翁扶到一旁，並轉身向四周的群眾表達歉意，嵯峨浩也上前表達慰問，卻感受到滿洲百姓對待溥傑和她的不同，嵯峨浩內心雖然難過，仍帶著微笑。

滿鐵特快車亞細亞號已蓄勢待發，蒸氣吞雲吐霧般圍繞整個月台，月台人員協助關東軍清空為嵯峨浩等人保留的車廂，並幫他們將行李上車。

「請讓我孩子也上車吧！拜託把她帶走，就算待在廁所也可以。」

「我所有家當都不要了，全給你們，請讓我上車吧！」

月台邊此起彼落的哀號聲不斷，一個婦人努力伸長手擠過關東軍的防線，想把年幼的嬰兒塞上車，她的眼睛與嵯峨浩對上，眼裡滿是哀求。

嵯峨浩心中一動，想下車接過嬰兒，被溥傑攔住。

「我知道你心疼，我何嘗不是，但你救了一個，其他人呢？」

看著周圍成百上千的百姓，嵯峨浩內心明白，只好回到位置，車門關上後，透著玻璃她聽不見婦人對她說著什麼，只能狠下心別過頭。

列車終於準備出動，所有人都知道這是最後離開的機會，紛紛衝上前，有人試圖攀附車頂，有人從隙縫鑽入想擠上火車，卻沒人能攔住速度逐漸加快的列車駛出月台。

上車後所有人終於放鬆下來，溥儀與婉容相依而靠，韞穎和潤麒耳語交談，溥傑抱著嫮生閉目養息，吉岡安直也卸下嚴肅的臉沉沉入睡。

嵯峨浩靠著車窗，雨水將城市的霓虹暈開，像一朵朵慢動作綻放的煙花，好像在歡送他們離開浮生若夢般的滿洲國。

一切看似如此祥和美好。

新京車站愈來愈小，整座滿洲國逐漸被吞噬在黑暗中，嵯峨浩終於支撐不住沉重的眼皮，後頭傳來熟悉的空襲警報聲，忽大忽小若有似無，待她再次睜眼，四周已是綠水青山。

II

離離原上草，一歲一枯榮，
野火吹不盡，春風吹又生。
——白居易〈賦得古草原送別〉

昭和二十年（一九四五年），八月十四日　中國朝鮮交界，大栗子

愛新覺羅的發跡地，滿族聖山就在眼前。

長白山頂峰巍然聳立，縹緲入雲，山間鳥語花香，鴨綠江依山而傍，碧波盪漾，玉樹瓊花如人間幻境，絲毫沒有一點兵凶戰危之感。

從新京搭乘一日的火車抵達臨江後，溥傑一夥人在關東軍司令部歇息一晚，轉搭仿照日皇御召改製的宮廷列車，直達與朝鮮邊界處，一個宛如與世隔絕的小山村——大栗子。

他們搭上貨車，前往開發株式會社的大栗子礦業所，所長已將住處獻出，成為皇帝臨時御所，眾人便在此落腳，所長家雖不如滿洲國緝熙樓寬大，卻也安穩舒適，加上景色秀麗，溥傑鬱悶的心情也舒坦許多。

轉眼在大栗子過了兩日，這天溥傑與嵯峨浩用完早餐，嫮生與其他小孩在草地上玩著蹴鞠，嵯峨浩看著出神。

「要是能一直這樣該有多好。」

溥傑沒有接話，他知道眼前美好只是短暫假象，待蘇聯紅軍一到，此處照樣生靈塗炭，他們仍要繼續流浪。看著身邊心愛的妻子，溥傑輕輕將嵯峨浩的頭靠在他肩上，暗自發誓即使守護不了滿洲國，也要守護妻子女兒萬全。

忽然幾下咳嗽聲傳來，溥傑才注意到左方有一個瘦高人影，只見溥儀站在江邊，呆呆望著遠方的長白山脊。

溥傑知道這裡對溥儀的意義，大清龍脈在此，謠傳長白之巔的仙女吞食朱果才誕下愛新覺羅先祖，當年奴爾哈赤與皇太極英明神武入主關中，隨後康雍乾再續盛世，如今百年大清王朝交到溥儀手中，不只丟了紫禁城，連小小滿洲國都保不住，現在更只能待在一個破農村，這對一心想復辟的溥儀來說情何以堪？

溥儀把手上的水晶佛塔高舉過頭，在陽光下散出五顏六色的光。

「紅色，紅色。」

溥儀喃喃自語，接著在江邊奔跑起來，不斷舞動旋轉，溥傑和嵯峨浩互看一眼，正要起身，兩名關東軍忽然出現，一人將溥儀抱住，另一名來到溥傑面前，臉色凝重。

「吉岡御用掛有大事要宣布，請你們儘速回去。」

溥傑與嵯峨浩扶著溥儀回到臨時御所，只見屋內氣氛比美國投下原子彈時更低迷。

吉岡安直像洩了氣的皮球，他數度欲言又止，最後還是把手中電報交給一個傳令兵報告。

「山田乙三司令剛接獲消息，天皇決定要求軍事參議官會議接受中國、美國、英國與蘇聯在波茨坦公告訂下的停戰協定，日本決定投降，司令交代我們必須全權遵守解除武裝命令……」

餘下的話溥傑都忘了內容，只記得吉岡安直失魂落魄似，踉蹌經過他身邊。

「我們真的輸了，我們真的輸了。」

日昇日落，又一天過去。

正午的臨江烈陽像是能把大地灼傷，風愈吹愈燥熱，臨時御所客廳擠滿了人，將收音機圍成一圈。

風扇嘎嘎作響，冰塊散出的涼風勉強抵抗室內的燥熱，溥傑拿出手巾，替嵯峨浩拭去額上汗珠。

收音機忽然發出嘈雜的聲音，日本放送協會播報員報告此時為日本標準時間中午十二時。

接著一個陌生、滄桑卻威嚴的聲音傳出。

「是天皇！」

所有人都不住驚呼，昭和天皇的玉音第一次公諸於世。

「朕鑑於世界情勢與帝國之現狀，欲以非常措置收拾時局，茲告爾等忠良臣民曰：朕命帝國政府通知中美英蘇四國，接受其共同宣言……」

地位崇高的天皇，身為戰敗者，聲音仍鏗鏘有力不卑不亢，溥傑暗自佩服，然而他知道這一切日本為始作俑者，必須承擔責任。

「惟今後帝國將受之苦難，固異於尋常，爾等臣民之衷情，朕亦深知，然朕以時運所趨，忍受難以忍受者，為萬世求和平……」

天皇的玉音放送，就在關東軍的哭喊聲中結束，溥傑知道戰爭即將終了，滿洲國的未來也再無可能了，但他還有未來要走。

溥傑穿過面無表情的吉岡安直，走到剛剛一直站在角落的嵯峨浩身邊，緊緊地、堅定地牽起她的手。

風扇吹著融化的冰塊，天皇玉音不斷重播放送了一整天。

溥傑沒料到日本投降後，最先影響的是他們的早餐。

隔日一大早，溥儀就因為食物太少大發雷霆，好幾位僕人和廚子趁夜逃跑，嵯峨浩與轀穎只得一起進廚房幫忙，溥傑與潤麒臨時到附近抓了幾條此地盛產的銀魚，大夥簡單將就一餐。

溥儀心情不好，飯菜一口都沒動，婉容見了想拿過來吃，也被溥儀狠狠打了手心，索性坐在地上耍性子。

溥傑想要勸溥儀用餐，關東軍卻突然將飯菜從溥儀面前撤走。

「這是在做什麼？皇上還沒用餐呢。」溥傑站起身。

「皇上？」一名關東軍冷哼一聲，「請皇上移駕客廳，準備宣詔吧。」

「宣詔？」

溥傑納悶，在這鄉野小村，什麼事需要用到詔書？

「對對，我是皇帝，我要宣詔。」

溥儀轉憂為喜，也不管地上的婉容，叫上溥傑跟著，只見詔書已整齊擺放在客廳桌上。

那是一封退位詔書。

「日本投降，滿洲國已滅，你這個皇帝也沒有存在的必要了。」

吉岡安直將詔書遞給愣住的溥儀，語氣冰冷。

「緊急參議府會議開始，商討滿洲國解體以及德康皇帝退位宣詔。」

這次換滿人哭了，那些跟著溥儀、溥傑離開紫禁城的肱骨老臣、那些還抱著希望重返大清榮光的世家子弟，此刻只能眼睜睜看著溥儀一字一句念著退位詔書。

溥儀倒是異常平靜，唸完後他緩緩放下詔書，調整眼鏡，溥傑扶住他，兩兄弟的手緊緊握在一起。

十三年的王朝再續不過莊周夢蝶，溥傑與溥儀知道現在他們已經沒有家，只剩家人了。

溥儀退位的消息，一個上午便從大栗子村傳遍全中國。

「關東軍扶持的偽滿洲國皇帝溥儀退位啦！」

「汪精衛帶領的南京國民政府聽說也垮台了。」

「戰爭終於要結束啦，現在中國誰當家？」

長白山中的熙攘不再，日頭準備西下，鴨綠江的水碧綠的讓人發涼。

溥傑與溥儀站在火堆旁，韞穎和潤麒、五格格五駙馬、宮親王公子、婉容與貴人、嵯峨浩與嫮生都圍在一起，不一樣的是，他們全都換上大清服飾。

溥傑將手上的雍正皇帝牌位交到溥儀手中，溥儀接過不發一語，啪的一聲投入火中，竄起熊熊烈焰。

大清王朝復辟夢碎，從北京帶來的歷代祖先匾額、牌位也沒用了，溥傑望著爐中越燒越大的火，還是難以置信他們做出這種大逆不道的事。

忽然溥儀一聲慘叫，他的水晶佛塔不小心掉到爐火中，竄出一道白煙，溥傑連忙找來長夾將佛塔取出，只見原本紫水晶泛起焰紅色的紋路，溥儀瞪大眼睛，面露喜色。

「紫氣轉紅，新造九龍，溥傑，我們要重獲新身了！」

他抱著溥傑大笑，溥傑卻知道再來的路只會愈來愈艱辛。

傍晚一場大雨，再加上接二連三的消息，澆垮所有人最後的意志。

「蘇聯太平洋艦隊於朝鮮半島北部清津登陸，島上所有日軍全數投降。」

「蘇聯遠東第二方面軍發動奇襲包圍千島群島，堤不夾貴中將預計率兩萬名部隊放棄抵抗……」

吉岡安直與幾名關東軍將領討論後，決定撤退回日本。

「我們要回日本了？」嵯峨浩驚訝又帶著興奮。

溥傑點點頭，他能感受到妻子的喜悅與緊張。

「吉岡告訴我們，東京司令部那邊答應以京都飯店作為我們的避難處，眼下中國情勢複雜，共產黨八路軍與國民政府軍逐漸形成對抗之勢，確實先到日本較為安妥。」

「時間確定了嗎？」

「預計三日後出發，我會與皇上、吉岡、潤麒他們先出發到機場，妳與皇后和其他女眷晚一班次出發。」

聽到溥傑要和她分開，嵯峨浩有些悵然若失，溥傑緊緊抱住她。

「很抱歉沒辦法陪在妳和嫮生身邊，但我必須守護皇上。」

嵯峨浩點頭，也緊抱溥傑。

「放心守在皇上身邊吧，女兒跟皇后有我照顧。」

「謝謝妳。」

溥傑凝視嵯峨浩的臉，內心對她的體貼和善解人意充滿感激。

「不要怕，我們很快就會在日本團聚的。」

窗外的月光格外皎潔，想到即將很快就能見到慧生，溥傑內心一陣激動，他最大的遺憾就是沒辦法陪在慧生身邊，他知道女兒和自己一樣愛看書，這次逃難他只帶了一本自己的手抄本，裡面寫滿日常閱讀的筆記和喜愛詩詞，他想要當作給慧生的禮物。

二十一日清晨，溥傑將自己的護身玉珮放在熟睡的嵯峨浩身旁，又吻了嫮生，這才搭車前往通化，這次返回日本的專機全程保密低調，溥儀只帶了溥傑、潤麒、四名愛新覺羅成員以及傭人兩名、醫生一名，吉岡安直安排殘餘的關東軍沿路偵查，避開國民政府軍及八路軍，並順利在通化搭上轉往奉天機場的飛機。

一路上溥傑不斷保持警覺，直到飛機升空後，才放鬆戒備。

他們飛過長白山的峰頂，雪白的頂峰在陽光照射下透淨無瑕，不一會便隱入雲中。

「浩跟嫮生應該也快到通化了吧。」

想到很快就能與家人在日本團聚，溥傑感到無比愉快，便閉上眼睛沉沉睡去。

夢裡他與溥儀回到小時候，兩人在養心殿玩著捉迷藏，溥儀當鬼，溥傑知道哥哥一定以為他同樣會躲在雍正帝御筆「中正仁和」匾額下的太師椅，決定跑到門口，躲在左邊的鎏金銅獅腹下。

聽到溥儀在殿內呼喊自己的名字，溥傑暗暗竊喜，他壓低身體，只聽到愈來愈多腳步聲，溥儀似乎找了好多幫手。

直到黃昏，溥儀他們都沒有找到溥傑，正當溥傑得意洋洋要跑出來時，發現自己動不了，鎏金銅獅的雙掌正扣住自己雙腳。

溥傑感到驚恐，只見銅獅低下頭，用眼白瞪著他。

「溥傑，溥傑。」

溥儀的聲音傳來，溥傑用力想搬開銅獅的腳掌，卻毫無辦法。

「溥傑，快醒醒！」

溥儀用力將溥傑從夢中搖醒。

「你看，機場那邊似乎不對勁。」

只見窗外奉天機場燈火通明，停機坪站滿了人，像是準備迎接他們到來。

然而飛機還沒到預定降落點就被攔下來，只見許多高大的洋人士兵全副武裝，後方是一輛輛坦克、運輸車、戰機、以及蘇聯的旗幟。

蘇聯士兵戴著護耳冬帽，手上拿著波波沙衝鋒槍抵住機艙玻璃，機長被迫開機門，所有人下機後雙手抱頭排成一列。

蘇聯士兵粗暴地一一搜身，輪到溥傑時，被搜出那本要給慧生當禮物的手抄筆記。

「還我。」

溥傑想搶回來，被狠狠用槍桿子頂住胸膛，蘇聯士兵隨手翻了翻，挑釁地在他面前用力撕碎。

溥傑怒不可遏，正要上前理論，被一名士兵壓住肩膀。

「中國人。」他的中文說得很標準，「注意點。」

吉岡安直率先被押上蘇聯軍機，幾名士兵交頭接耳，在得知溥儀皇帝的身分後大聲歡呼，接著講了一大串俄語，溥傑只聽懂什麼皇帝，然後似乎要帶他們去最寒冷的地方。

蘇聯軍機上充斥濃濃的皮革與金屬味，士兵各個神情嚴肅，溥儀整路緊閉雙眼不停誦念心經，溥傑心亂如麻，他們搭上了飛機，卻離日本國愈來愈遙遠。

※※※※※

嵯峨浩拿起針線，替嫮生縫補被樹枝勾破的袖口，算算溥傑他們離開大栗子村已超過十天，長白山邁入九月時節。

雖然在嫮生面前，嵯峨浩總是表現得很堅強，但溥傑不在身邊，她的心還是一直懸著，照理此時溥傑已經抵達東京，應該會馬上連絡她，然而到現在都沒有半點消息。

原本照吉岡安直的計畫，他們抵達奉天機場後，就會派人通知大栗子的關東軍出發，由於一直沒收到指示，蘇聯軍隊又逐漸南進，村子附近開始出現動亂的百姓，關東軍決定離開大栗子村，往靠近朝鮮的深山前進。

嵯峨浩與轀穎帶著婉容以及其他女眷共兩百餘人，由於行動緩慢，關東軍對他們愈來愈不耐煩，似乎想放任他們自生自滅。

幸好有一位叫小林的排長，之前備受溥傑照顧，這段時間他盡心照顧嵯峨浩等人起居，並替她打聽到溥儀在奉天機場被蘇聯軍逮捕的消息。

嵯峨浩聽到溥傑生死未卜心急如焚，然而她知道自己必須更堅強，她還有嫮生及婉容他們要守護。

一天小林送來粥與饅頭後，告訴嵯峨浩許多關東軍都已自行離開，只剩下幾十個人。

「如果現在大批暴民來襲，我們不一定抵抗得了。」

他提議馬上逃往朝鮮，接著看了躺在地上哈氣的婉容一眼，語氣有些為難。

「如果帶著所有人，可能沒辦法順利避開暴民。」

「謝謝你小林，我懂你的意思，不過我已答應溥傑要照顧好他的家人，所以不會放棄任何一個人。」

小林看見嵯峨浩如此堅定，不禁深受感動，向她行禮。

「我知道了，我這就去準備，一定會盡我所能保護大家。」

就這樣他們開始繼續趕路，隊伍中大部分都是老弱婦孺，嵯峨浩挑選了幾位較年輕的女人負責煮飯以及幫小林巡視安全，一路上他們到處找空屋住，有時直接露宿山中，不少人體力不支倒下，有些人嫌隊伍太慢自行組隊逃離，等快抵達朝鮮時，只剩下三十多人。

途中幾次遇到暴民強匪，他們都用錢和珠寶換取平安，最危險一次是遇到偵查中的蘇聯軍人，對方要求他們一定要交出女人，嵯峨浩本想犧牲自己換取其他人安全，幸虧隊伍中有幾名舞妓自願前往，大夥才逃過一劫。

雖然死裡逃生，嵯峨浩內心卻愈不踏實，她既不知溥傑眼下是生是死，何時能回日本更遙遙無期，幸虧朝鮮人很熱情，知道他們無家可歸，便整理出因戰爭無人居住的空房讓他們暫住，嵯峨浩非常感激，她和韞穎也教他們算術和中文做回報。

九月的晚風讓人熱得煩躁，有一晚嵯峨浩哄完嫮生入睡後，怎麼都睡不著，另一頭傳來婉容的打呼聲，她起身想出去走走，才發現韞穎也還沒睡。

兩人乘著月色漫步屋外，林中蟬聲唧唧，遠山傳來隱隱流水聲，嵯峨浩很久沒感覺那麼舒坦。

「嫂嫂，你覺得哥哥和潤麒他們現在在做什麼呢？」

韞穎忽然出聲。

嵯峨浩沒有回答，她甚至不確定他們是否還活著，韞穎看著嵯峨浩，似乎猜到她在想什麼，微笑挽住她手臂。

「放心吧，我哥哥八字硬得很，小時候父皇的國師說他一定會長命百歲，他那時還頂嘴說不想活那麼久呢。」

嵯峨浩噗哧一笑。

「謝謝韞穎妹妹，你總有辦法讓人心情變好。」

兩人邊走邊聊，講到了許多在日本留學的趣事。

「那時我的網球才剛學沒多久就贏溥傑了，他很不服氣，連續努力練好幾週，只為了贏我。」韞穎無奈吐了吐舌頭，「他就是一個不服輸的人，所以一定會活下來的，嫂嫂也要努力活著。」

嵯峨浩非常感動，她知道韞穎都是為了鼓勵她才講這些，即使她自己的丈夫也還生死不明。

「妳也是，帶著三個孩子太不容易，我們一起等溥傑和潤麒回來。」

「唉，別提那三隻小鬼頭了，要不是擔心他們老子回來見不到他們找我問罪，早就被我丟到荒野換三隻小貓回來了。」

韞穎說完兩人相視大笑。

夜空繁星如畫，兩人睏意漸升，慢慢走回住處，卻發覺遠方有騷動聲。

「小心，好像又是流民。」韞穎警覺。

兩人加快腳步，果不其然才剛踏進屋內，門外就傳來急促的腳步和吶喊聲。

「這裡面有人，進去看看！」

兩人連忙叫醒熟睡的大家，轀穎冷靜翻起榻榻米的木板，迅速躲進裡頭，嵯峨浩把嫮生抱給轀穎後，和負責照顧婉容的奶媽一起把婉容扛下去。

他們剛躲好沒多久就聽到上樓聲，緊接著一連串翻箱倒櫃的碰撞聲，嵯峨浩透過隙縫，看到行李和包裹都散落一地，來不及躲起來的人只能奮力反抗，又是一陣混亂。

「這裡一定有日本人，抓到就殺了。」

暴民們拿著消防鉤、木棍來回走動，嵯峨浩心臟撲通撲通狂跳，她擔心孩子會發出聲，沒想到婉容先不小心打了個噴嚏。

「誰在裡面，出來！」

有人用鉤子想將木板勾起，嵯峨浩知道已無處可躲，用身子護住嫮生，婉容突然大喝一聲，用力推開木板，順勢往上一躍，暴民都嚇了一跳。

「放肆。」婉容闔上木板，指著暴民高聲喝斥。

「我是滿洲國皇后，你敢無禮？」

「原來是滿洲走狗的皇后，我們也不用客氣了。」

暴民頭領露出邪笑正想用強，樓下一陣槍響，幾個人慌忙跑進來。

「有日本人來了，帶著傢伙！」

「該死！」

暴民一哄而散往樓下衝，只聽到激烈交戰聲，過了一會槍聲逐漸平息，接著小林持槍衝了進來。

「夫人，你們都還好嗎？」

小林身後跟著數十個衣衫殘破的軍人，他們都是關東軍舊部，原本是附近八路軍的俘虜，逃脫後打聽到嵯峨浩在附近，於是前來相救。

經過這一夜驚魂，小林加強夜間守備，並與朝鮮人合作進行巡邏，附近暴民也知道他們厲害，不敢再來打擾，就這樣又兩個月過去，倒也相安無事。

入秋後，看似平靜的生活也暗潮洶湧，嵯峨浩聽到幾名滿洲國舊部聊起日本投降後中國的勢力板塊，舊都新京已被蔣介石領導的國民政府接管，然而關東軍留下的大批武力卻在蘇聯接手後，轉交給毛澤東領導的共產黨，雙方雖於前幾日在重慶展開雙十會談，針對避免內戰、重組政府及改制部隊等進行談判，然而檯面下仍有許多有零星攻防，根據可靠情報，臨江將成為下一個目標。

嵯峨浩知道這裡不是久待之地，她還是必須想辦法得知溥傑消息並回到日本，她與轀穎每天都跑下山到市區打探，她們注意到路上愈來愈多八路軍出現，一天好不容易從一個剛從西伯利亞回來的朝鮮人口中，得知滿洲國皇帝溥儀現被關押在西伯利亞收容所，嵯峨浩頓時信心大增，她知道溥儀若還在，溥傑應該也沒事。

正高興之際，卻見到一名滿身是血的關東軍遠遠跑向她們。

「有人……有人出賣我們的位置。」他氣喘吁吁說完就斷了氣。

嵯峨浩與轀穎連忙往山上跑，只聽到炮彈聲響不斷，當她們回到村落，婉容、小林和其他人都被八路軍逮捕，朝鮮人也跟著被扣住，嫮生看到嵯峨浩放聲大哭。

「朝鮮人是無辜的，你放了他們，我們跟你們走。」

嵯峨浩擋在朝鮮人前面。

「放心，我們不會傷害你們，但必須帶你們回去調查。」

八路軍釋放了朝鮮人，將嵯峨浩一行人帶回市區安置，溥儀偷運出來的寶物，花瓶、瓷器、鑽石珠寶通通都被沒收。

沒多久嵯峨浩接到轉移通化的通知，據可靠消息指出，國民政府軍即將抵達臨江，八路軍沒有勝算，決定先撤退。

八路軍弄來幾輛卡車，當晚即刻出發，他們讓小林和其他關東軍繳械，對嵯峨浩等人倒是寬容，並沒有任何身體上的限制。

從臨江到通化得翻過山嶺，卡車在崎嶇蜿蜒的山路上磕磕碰碰，嵯峨浩一手緊抱嫮生，另一手扶著熟睡的婉容，韞穎坐在她正對面，用厚棉襖把三個孩子緊緊包著，兩人時不時交換眼神，給予彼此無聲的鼓勵。

進入深夜，山上氣溫驟降，迷迷糊糊間嵯峨浩打了個噴嚏，把嫮生吵醒。

「冷嗎？」嵯峨浩柔聲問，並將嫮生身上的冬衣拉緊。

嫮生搖搖頭，她瞪大眼睛，好奇看著四周的白雪皚皚。

車子駛過一個彎路，一陣雪飄落，嫮生伸出小手想要接住落下的雪花，嵯峨浩瞥見右前方路邊有一台翻覆的貨車，還有幾具已死去多時的屍體，便側身擋住嫮生的視線。

「嫮生看，今晚的月亮很美對不對？」

嫮生抬起頭，皎潔的圓月在雪嶺中冷冷發光，像一顆指引方向的寶石。

「好漂亮喔。」

「是啊，妳的父親和姐姐，此時應該跟我們一樣在看著月亮吧。」

望著明月，嵯峨浩內心默默許願，祈求溥傑和慧生平安。

第二部　月明

III

一輛俄製 Gaz 轎車在筆直無際的公路上行駛，兩旁高聳茂密的針葉林有如鐵網籠罩天空，將此地與外界隔絕，從林蔭間隙透進的微弱光線，是這趟漆黑迷途裡唯一的指引。

溥傑與溥儀一行人在奉天機場被蘇聯軍隊攔截後，立刻被送往西伯利亞外貝加爾邊疆區的赤塔，那名會說中文的蘇聯士兵叫做伊萬，他告訴溥傑他們是第一批來到蘇聯的滿洲國戰俘。

雖說是戰俘，自從知道溥儀曾經是皇帝後，蘇聯士兵對他們態度和善不少，溥傑此時只擔心嵯峨浩是否也被抓來，一直向伊萬詢問是否有見到這個人。

「別傻了溥傑先生，到了這裡就忘掉名字吧。」

伊萬點起菸，看著漆黑的窗外。

「能活下來，就很不錯了。」

溥儀聽到全身抽了一下，小心翼翼盯著伊萬。

「我們會死嗎？你們會讓我們做什麼？」

「搬搬土、做做工囉。」伊萬一派輕鬆回答，他搖開窗戶，把菸蒂丟進大雪中，溥傑只覺一股寒意直透心骨。

「不只你們中國人，這裡也有德國人、日本人，大概幾十萬人吧。」

伊萬說完就不再開口，車子又行駛一段路，路面逐漸攀升，溥傑注意到他們進入一個山峽之間，連續繞了幾個彎路後，路面開始變寬，車速慢了下來，最後停在一棟明亮輝煌的建築前。

「這是收容所嗎？根本是飯店嘛。」

大家精神一振，吉岡安直一路上都默不作聲，終於也露出微笑。

「這裡是莫洛可夫卡三十號特別監獄。」

伊萬率先下車，他和守門士兵說了幾句話，大門緩緩打開。

溥傑打開車門，一陣冷風襲來，他深怕溥儀冷到，連忙替他擋風。

「這裡比咱們東北更冷啊。」

潤麒用力搓揉凍紅的鼻子，伊萬催促他們趕快進屋，一到屋內，桌上已擺了好幾杯熱飲。

「這叫 Sbiten，是用蜂蜜與香料結合的熱飲，喝下去就不怕冷了。」

伊萬見到大家都不敢動哈哈大笑，拿起杯子一飲而盡。

「好爽！」

大夥見狀立刻上前瘋搶，溥傑啜飲一小口，辛辣的香料味讓精神一振，身子果然暖和起來。

「приве́тствовать!」

伊萬脫下帽子作勢歡迎，沒多久一支樂隊在台上奏起蘇聯民謠，又有人端出各式點心盤，烤肉串、酥餅、咖啡、果酒、軟糖等，應有盡有，就像一場豪華的盛宴，溥傑又驚又喜，飢腸轆轆的他們也管不了那麼多，先大快朵頤一番。

待眾人酒足飯飽，伊萬才領著一位威嚴的軍人來到溥傑他們面前。

「這位是三十號特別監獄的負責人，沃羅闊夫中校。」

沃羅闊夫透過伊萬得知溥儀是滿洲國皇帝後，對他微微點頭，並讓伊萬翻譯，簡單介紹監獄裡的政策，出乎意料，並不像伊萬先前所說，沃羅闊夫沒有要求他們勞動，而且只要不超過限制範圍，都可以隨意散步聊天。

這種戰俘待遇讓溥傑非常訝異，溥儀早已笑得合不攏嘴，忙著要伊萬轉達他的感激給沃羅闊夫。

小型宴會結束後，他們就在這間豪華「收容所」度過在蘇聯的第一晚，溥傑與溥儀同房，潤麒與其他愛新覺羅成員一間，醫生和傭人同住，吉岡安直與神器官等日本人則分配到另一層樓。

溥傑進房前請伊萬替他找紙跟筆，伊萬幫他弄來一本精美但有些脫皮的筆記和一支萬寶龍鋼筆。

「不知道誰之前帶過來的，反正也沒人要，你拿去用吧。」

溥傑很是喜歡，閒聊中得知伊萬喜歡書法，便答應之後替他寫幾幅春聯和詩詞。

「真的嗎？早就聽說溥傑先生文武雙全，實在太好了。」

伊萬大喜，兩人又聊了一些中國文學才互道晚安，溥傑回到房中，溥儀早已呼呼大睡，累得眼鏡鞋子都沒摘下，溥傑替他蓋好被子，又到共用浴室簡單梳洗，才打開筆記本，準備記錄在這裡的生活。

想起滿洲國已滅，不能再用康德年號，寫民國似乎也不妥，溥傑思考良久，緩緩下筆。

昭和二十年（西元一九四五年）　八月二十三日　子時

在蘇聯收容所第一晚。

雖無法如期至日本，慶幸與兄長、潤麒皆安好無恙，蘇聯軍官態度和善，雖不知有何詭計，至少眼下無虞，伊萬大兵是值得結交的好人，日後必定要仰仗其幫助。

現前最掛念為浩與嫮生之安危，虔誠祈請菩薩保佑，勿讓其被蘇聯軍抓住，若無法返回日本，也能先找到安身之所。

想到嵯峨浩這段時間孤身一人帶著嫮生，不知身邊是否有人照應，溥傑淚水已止不住。

不知哭了許久，溥儀的打呼聲讓溥傑情緒緩和，他闔上筆記，想到隔壁房的潤麒，知道他此刻的心情一定也不好受。

赤塔距離新京千里之遙，溥傑環顧四周，這裡的絲床地毯、西洋畫作與詭異的金屬裝飾都很陌生，唯一相同的，大概只有那輪依舊高掛的明月。

生鏽的鐵窗正對著烏蘇里江的方向，溥傑凝視月亮，想像嵯峨浩與嫮生此時也在月光照耀之下，他閉上雙眼，祈求相聚的那天早日來到。

第二天一早，金髮碧眼、五官深邃的女服務員將他們叫醒，並送上滿桌豐盛的早點，有黑麵包、酸黃瓜牛肉和羅宋湯，比在滿洲國吃得更好，溥儀心情大好，邊吃邊用英文和女服務員攀談。

溥傑一吃飽便想打探嵯峨浩的消息，他想找伊萬，卻得知他再度前往中國，預計傍晚又會有一批人抵達。

溥傑滿心期待能見到嵯峨浩，卻又擔心她被抓來，就這樣坐立難安一整天，直到晚餐時間才見到伊萬，他迅速喝完一大杯熱酒，豪爽地搭著溥傑肩膀。

「我今天帶了好幾個說認識溥儀皇帝的人，你跟我去看看。」

溥傑一見果真都是舊滿大臣，他們看到溥傑痛哭流涕，溥傑邊安慰邊簡單說明這裡的情況，大夥才放下心。

晚飯後，溥傑與潤麒追問起其餘人下落，大家三緘其口推來推去，好不容易一位老臣才開口。

「說來慚愧，皇上和王爺您們走後，我們也各自逃命，實在不知後續情況，不過皇后和王妃原本要到通化搭車，想必應該是平安抵達了？」

其他人都隨口附和，溥傑知道沒辦法從他們口中問出什麼，只得繼續拜託伊萬，若有嵯峨浩消息馬上和他說。

就這樣日子一天天過去，赤塔的日常愜意也無聊，溥傑心思都在嵯峨浩身上，伊萬告訴他有人聽說皇后一行人躲到朝鮮去，也有人說他們搭的專機被美軍擊落，溥傑也寫信給中國紅十字會求助，卻都石沉大海。

這段時間溥傑除了探聽嵯峨浩下落，不是在房間與溥儀對弈聊天，就是與潤麒練練拳腳，因為伊萬的關係，蘇聯士兵對他們管控愈來愈鬆散，甚至還能到附近河堤樹林散步，溥傑也趁機學了一些簡單的俄文。

一天溥傑從鄰近湖畔散步回來，看到房門口有好幾個蘇聯士兵，一個熟悉的身影站在門口。

溥傑走近一看，竟然是吉岡安直，兩人自從到赤塔後就鮮少交流，偶而在樓梯間相遇也只是點頭示意，現在溥傑仔細看，才發現吉岡兩眼凹陷，雙頰消瘦許多。

吉岡安直見到溥傑情緒激動，嘴角微微張開，卻沒有說話，兩人就這樣對望許久，吉岡才悠悠開口。

「我要去莫斯科了。」

看到昔日威風跋扈的吉岡如今淪落至此，溥傑不禁升起一絲憐憫。

「嗯，也許很快就可以回日本了。」

「回日本嗎？」

吉岡安直苦笑。

「也許吧。」

兩人不再說話，臨走前溥傑注意到吉岡安直走路一拐一拐，詢問軍醫才知道他一直生著病，此次是要去莫斯科接受戰犯審訊。

溥傑看著吉岡安直的背影，直到消失在走道盡頭，這也是他最後一次見到這位昔日關東軍高級參謀、滿洲國帝室御用掛。

隨著前來收容所的人愈來愈多，溥傑才知道大部分戰俘都沒有像他與溥儀那麼好命，伊萬和他透漏大戰後蘇聯百廢待興，需要大量人力，於是史達林下令將戰敗國投降者與戰俘帶回蘇聯進行勞動改造，通稱為滯留者，總計四百多萬人，德國人最多占兩百多萬，日本也將近五十萬餘人。

溥傑雖不認同此舉，卻也感謝蘇聯政府對他們的用心，除了每日四餐加下午茶，不須勞作，房間甚至還有廣播可以收聽音樂、俄語節目等等，讓溥儀樂不思蜀。

一天下午，溥儀端著一盤削好的水果盤來到溥傑面前。

「溥傑，在看啥呢？」

只見書桌上散著宣傳共產黨思想的《真理報》以及蘇維埃政權的機關報《消息報》，每天伊萬都請人送兩份報紙給溥傑，除了讓他練習俄文，也能灌輸他共產黨思想。

「聯合國在今天正式宣布成立了！」

溥傑揮舞手上的報紙，情緒激動。

「從四月就起草的舊金山《聯合國憲章》，到現在半年過去，終於成立了。」

溥傑眼中泛起淚光，「五大創始常任理事國，包括中國……哥，你覺得再來是不是永遠不會有戰爭了？」

「一定不會的。」溥儀隨口附和，接著堆起笑容。

「溥傑，能幫我寫一封信給史達林嗎？」

「給史達林？」

「對，我想告訴史達林先生，我希望永遠留在蘇聯，如果要加入蘇聯共產黨也沒問題。」

溥傑對溥儀的要求並不驚訝，他知道最近許多舊滿大臣紛紛請求溥儀和史達林請願，讓他們回到中國探望家人，但溥儀不置可否，他曾私下告訴溥傑他並不想回中國，因為新中國政府一定會以叛國罪將他處死。

溥傑雖然想回中國，但還是替溥儀寫了請願信交給伊萬，他每個禮拜都會寫一封，但並沒有得到任何回覆。

轉眼十月將盡，大夥才驚覺中秋已過，溥傑與潤麒特地請伊萬替他們準備做月餅的材料，並用俄國烈酒取代桂花酒，選了個好天氣一同賞月，以解思鄉之愁。

「敬月亮，敬中國，敬皇上，敬我的愛人韞穎、姐姐婉容，敬每個好人都一生平安。」

潤麒拿起裝滿威士忌的大鋼杯，仰天一飲而盡，蘇聯士兵紛紛拍手叫好。

溥傑拿起酒杯，向月亮舉杯致敬，接著把酒灑在冰雪上。

「以此酒敬戰爭中逝去的人，願逝者已矣，生者如斯。」

想到嵯峨浩，溥傑胸口一熱。

「Понять все значит простить все!」

溥傑用俄文大聲唸出俄國文豪托爾斯泰的名言「理解一切就能原諒一切」，

隨即將剩餘的酒喝盡，熱辣的酒精嗆得他連咳好幾聲，又是一陣歡呼。

溥儀早已滿臉通紅，他摘下眼鏡，隨手將一把雪抹在臉上，又拿起樹枝插在冬帽上，用京腔唱起鳳還巢，溥儀姿態柔美、聲線時而輕快時而跌宕，如歌如頌，蘇聯士兵雖聽不懂內容，也聽得如癡如醉。

這是溥傑在中國以外過的第一個中秋，也是他在赤塔的最後回憶。

十一月初，沃羅闊夫將溥傑等人移轉至伯力特別收容所，溥傑也和伊萬就此斷了聯繫。

伯力環境簡單粗陋，與赤塔相距甚遠，然而溥傑他們還是獲得不少優待，包括私人房間，不過在這裡他們必須從事簡單勞務，也要學習馬克斯列寧的共產思想與蘇聯黨史。

溥傑在這裡度過了新年除夕，伯力與黑龍江僅一山之隔，往東南則與東京隔日本海遙望，愈靠近家鄉，卻愈咫尺天涯。

昭和二十一年（一九四六年）二月一日　乙酉，除夕

今夜無甚特別，與兄長、潤麒吃了簡單的年夜飯，蘇聯士兵知道除夕重要，特地送我們一隻烤雞。

飯後與兄長、潤麒共飲，潤麒不久就要被調往別處，相聚時日無多，再聚不知幾何？

來到伯力後每一天都度日如年，與浩一別已近半載，恍如隔世，思念卻有增無減。

心情煩亂又略有酒意，僅以隨筆胡亂記下。

據報兄長不日將前往東京，替軍事審判擔任證人，若有幸同往，或許可在東京得知浩的消息。

抑或可見到慧生一面？

※※※※※

中華民國三十五年（一九四六年），二月一日　通化

爆竹聲中一歲除，美夢也隨之消逝。

「溥傑！」

嵯峨浩知道自己醒了，夢裡的溥傑也不見了。

她起身想下床，被正好端著湯藥進來的韞穎制止。

「別亂動，就叫妳好好休息了。」

韞穎舀一口湯藥，吹散熱氣後餵嵯峨浩喝下。

「放心吧，孩子們都醒了，小林帶他們玩呢。」

嵯峨浩微笑點頭，一口一口慢慢喝，蒼白的唇逐漸有了血色。

「婉容姐姐還好嗎？」

韞穎搖頭，「情況愈來愈糟，不知能否熬過今年。」

轀穎說完在嵯峨浩額頭上輕輕一彈。

「妳啊，還是好好照顧自己吧。」

嵯峨浩苦笑，自從與溥傑分開後，他們就是無止盡的逃亡奔走，直到被八路軍帶來通化公安局才暫別奔波，八路軍對他們倒也客氣，吃穿用度都與之無異，再加上有小林在旁服侍，比起流亡時倒多了幾分安心。

轉眼在通化已過月餘，婉容身子急轉直下，除了鴉片毒癮纏身，精神也更加衰弱，前幾天開始大小便也需要別人幫忙，原本照顧她的奶媽年歲已高，一番折騰後已無力負荷，嵯峨浩便分擔起照料婉容的工作，因此過度勞累染上風寒，好在眼下年節有了些時間歇息。

嵯峨浩請轀穎扶自己到窗邊，只見嫮生與轀穎的三個孩子在庭院玩著踩高蹺，身上穿的新衣更顯年節氣息。

小林陪他們踩完高蹺後示範拋接劍玉，那是一種日本傳統遊戲，手上拿著木棍，另一頭綁著木球，然後要讓木球剛好落在木棍的球盤上，幾個孩子看得目不轉睛，小林抛得過猛，木球飛過窗口，娉生看到窗邊的嵯峨浩開心蹦蹦跳跳，嵯峨浩也微笑揮手，小林抓抓頭，靦腆笑了笑。

「如果我也能像他們這樣無憂無慮就好了。」韞穎嘆了口氣。

「在這個時代，能保有如此純真的笑容真的很不容易。」

嵯峨浩握住韞穎的手，柔聲道，「韞穎妹妹在我心中，一直是個善良單純的大姑娘。」

韞穎臉頰泛起紅暈，看著天空出神。

「浩姊姊，妳說他們知道今天是除夕嗎？」

嵯峨浩點點頭，她知道在千里之外的某個地方，溥傑就在這片藍天白雲之下，她忽然心念一動。

「我們來做風箏好不好？在日本新年，我們都會放風箏祈福。」

「好啊！我小時候最愛放風箏了。」

韞穎拍手叫好，嵯峨浩於是請小林把孩子們帶進來，並到鎮上採買製作風箏需要的紙、竹條、線等材料，又跟八路軍要了些染料。

嵯峨浩握著嫮生的小手，在箏面畫上他們全家福，嫮生自己畫了一隻小白鴿。

「嫮生就是小白鴿，嫮生要飛到天上去找父親和姐姐。」

轀穎堅持自己畫，畫出來一家五口卻像火柴木頭人，三個孩子哭說不像，嵯峨浩替他們畫上五個小地藏王菩薩才破涕為笑。

眾人就在嘻鬧聲中合力完成風箏，嫮生已迫不及待要出門，嵯峨浩也邀請小林一同前去。

「小林，這個給你。」

嵯峨浩遞給小林一只風箏，上頭畫著一位少年與一位年長的女人。

「把祝福傳給在日本的母親吧。」

小林眼眶泛紅接過風箏，一行人散步到附近的公園，嵯峨浩找好位子坐下休息，轀穎和小林帶著孩子小跑步，等到風箏隨風而起便鬆線，只見一只只風箏緩緩飄向雲霄。

「小白鴿飛起來了。」

娉生開心地手舞足蹈，大夥就這樣盯著風箏看一下午，直到天色漸暗才依依不捨離去。

當晚的飯菜比平常豐富許多，八路軍也邀請嵯峨浩等人參加新年晚會，除了士兵自己的即興比演，還有舞龍舞獅與猜謎遊戲，除夕夜就在飯後一連串爆竹聲中熱鬧結束。

然而一覺醒來到初一，嵯峨浩明顯感受到氛圍的轉變，整座公安局瀰漫一股莫名壓迫感，牆外的敲打聲整日沒停過，一批批八路軍進進出出，還有許多平時沒看過的生面孔，嵯峨浩也注意到門口守衛比平時多了一倍。

而他們也收到通知，沒有准許不准擅自離開房間，此舉等同監禁，小林詢問後只得到「安全顧慮」的答覆。

到了初二仍是如此，午飯後轀穎實在按捺不住，藉口婉容身體不適，要求一個八路軍帶他去藥坊抓藥，順便察看情況。

嵯峨浩在房內等到傍晚，韞穎才端了一碗湯藥進來，關門前還不斷回頭查看。

「外頭情況如何？」

嵯峨浩接過湯藥，一關上門，韞穎整個人癱軟在地，嵯峨浩連忙將她扶起。

「槍，好多的槍。」

韞穎喘了好大一口氣，「他們在公安局四周挖壕溝，架了好多具機槍，然後我回來的時候，看到很多日本人也被關進來。」

嵯峨浩警覺到事態不對勁，從剛剛就一直默默聽著的小林，眼神也透漏不安。

「小林，你知道些什麼嗎？」嵯峨浩問。

「前些時日，我到大街採買用品，遇到了藤田實彥大佐。」小林壓低音量，「他沒認出我，我看到他和幾位關東軍舊部在一起，現場還有國民黨的軍人，似乎在籌備什麼計畫。」

「你們幾個，別一點小事就嚷嚷著。」

來到通化幾乎沒說過話的婉容突然起身，指著門口大喊。

「有我大清皇后在此，誰也別想傷害你們。」

婉容的保證沒法起到安定作用，當夜直到子時，嵯峨浩都沒闔上眼，她眼皮不斷跳動，窗外一有風吹草動立刻起身查看。

「停電啦。」

守門的八路軍大聲呼喊，嵯峨浩往窗外看，發現路燈都熄滅，整片市區陷入黑暗。

隔壁房的小林詢問後告知只是停電，沒多久電力就會恢復，嵯峨浩才稍微放心。

不知過多久，嵯峨浩迷迷糊糊睡著了，隱約間似乎又聽到有人喊停電，她想睜眼，但眼皮實在太沉重，第三次醒來，是嫮生告訴嵯峨浩想小解，婉容奶媽正好也想廁所，便帶嫮生同去，然而過了許久一直沒回來，嵯峨浩心中忐忑，正猶豫要不要出去找他們，只聽啪一聲，整排路燈全熄掉，通化市再度陷入黑暗。

緊接著門外傳出一聲槍響。

這下所有人都醒了，嵯峨浩立刻開門，守門的八路軍不見了，整條走廊漆黑無聲。

樓下又傳來數聲槍響，接著是激烈撞擊聲，嵯峨浩顧不得那麼多，她摸黑走下樓，卻踢到一個軟綿綿的東西，她彎腰查看，發現竟然是已斷了氣的奶媽。

嵯峨浩嚇得渾身癱軟，差點從樓梯摔下，一雙有力的手及時拉住她。

「夫人別怕，您先回去，我去找嫮生。」

小林拔出槍就衝下樓，嵯峨浩也想跟去，卻差點被流彈擊中，只好退回房內，只見窗外一道火光竄升飛過，緊接著又是一連串機槍掃射聲。

「妖魔鬼怪都給本宮退散！」

婉容發瘋似的大喊，三個小孩嚎啕大哭，嵯峨浩和韞穎把床擋在門口，所有人縮在角落，混亂中嵯峨浩聽到門外有人用日語對話，她滿心期待是來救他們的人。

「皇后與王妃在哪？」一個中國人問。

「找到嵯峨浩王妃後，立刻撤退。」這次是日本人的聲音。

嵯峨浩鼓起勇氣，朝門外大喊。

「我們在這！」

門被用力推開，一名穿卡其色軍裝的軍人站在嵯峨浩眼前，身後跟著許多日本軍人。

「您是嵯峨浩夫人嗎？我叫李崗，是國民政府軍上尉，此次與關東軍聯手，前來營救婉容皇后與您。」

嵯峨浩又驚又喜，他們在李崗和關東軍護送下往一樓移動，許多身穿關東軍制服的人見到嵯峨浩都和她揮手致意，嵯峨浩非常感動，更開心的是小林抱著嫮生站在角落，兩人都毫髮無傷。

「嫮生！」嵯峨浩一把抱起嫮生，感激地看著小林。

「放心，嫮生沒有受傷。」小林微笑。

「目前公安局已被我們控制，等接送的汽車一到，立刻可以把你們送到安全的地方。」

李崗指揮國民黨軍與關東軍準備撤退事宜，外頭傳來汽車喇叭聲，李崗率先出去，只見一批批的八路軍將公安局團團圍住，舉起槍對準門口。

「別出來！」

李崗想進門卻來不及，一枚手榴彈在他面前爆炸，李崗當場身亡。

「衝！」

八路軍對門內一陣掃射後逐步逼近，關東軍將嵯峨浩等人護在中間往二樓撤退，雙方互丟幾枚手榴彈，整個公安局煙霧瀰漫亂成一團。

「嫮生！」嵯峨浩發現嫮生又不見急著大喊，卻被槍聲淹沒。

「妳瘋了啊！」

韞穎使勁拉住嵯峨浩，只見關東軍一個個倒下，嵯峨浩一咬牙，掙脫韞穎的手，朝八路軍位置前進，一顆手榴彈滾到她腳邊，她連忙往旁一閃，還是被爆炸震開。

「救……救我。」

一名士兵倒在地上哀號，嵯峨浩起身，看到是一名八路軍，她一心只想找女兒，然而那人表情痛苦，嵯峨浩心一橫，還是蹲下替他療傷。

她撕下外衣替士兵包紮，並將士兵的手按壓傷口上止血，直到確認血不再流出。

「你壓緊些，千萬不要放手，我去找人救你。」

嵯峨浩衝下樓，只見四處都是關東軍的屍體，她內心悲痛不已，一名八路軍舉槍對著她，她大喊：「二樓有你們的傷者。」

幾名八路軍半信半疑上樓，嵯峨浩邊哭邊喊著嫮生的名字，她一一翻找地上的屍體，卻又怕是嫮生，正當她徬徨無助準備放棄時，注意到牆角有個身影在蠕動。

嵯峨浩湊上前，發現是流著血的小林，正用身軀護著嫮生。

嵯峨浩將渾身發抖的嫮生，緊緊抱在懷中。

「嫮生不哭，沒事了。」

嵯峨浩替嫮生擦掉眼淚，接著查看小林傷勢，只見他腹部中槍，全身上下插著好幾百個玻璃碎片，血已流了滿地。

嵯峨浩想叫人幫忙，卻被小林制止。

「夫人……我想請你幫個忙……」

小林用盡最後力氣，從懷中拿出一封信和一張照片。

「這照片後面有地址……幫我寄給母親……」

小林還沒說完就斷了氣，嵯峨浩含淚點頭，替小林將雙眼闔上。

經過整夜的混戰，直到天快亮，八路軍通化支隊團長帶隊前來善後才告一段落。陽光從千瘡百孔的牆面透入，嵯峨浩等人已疲憊不堪，坐在地上聽候審訊。

「此次動亂由國民黨軍聯合通化境內關東軍起事，攻擊目標包括專員公署、通化支隊司令部、工兵學校、公安局、機場等地點，幸虧情報早被我東北民主聯軍截獲，因此能夠迅速結束戰亂。」

團長眼神嚴肅，緊盯嵯峨浩一行人。

「此次我方同志奮勇抗敵，粗估擊斃敵軍三千餘人，仍有千人犧牲，接下來將全力逮捕餘孽，不再讓憾事發生。」

他看向嵯峨浩，「公安局內是否有日寇內應，我們會嚴加考察。」

幾位倖存的關東軍都被就地處決，團長示意將嵯峨浩帶走。

「放了她，她什麼都不知道！」

轀穎擋在八路軍前面。

「她是偽滿王妃，又是日本人，日本鬼子會來公安局，不就為了救她嗎？」

嵯峨浩知道八路軍此刻是滿腔怒火，她自知無法辯解，正要勸退轀穎，一雙手將她往後拉。

「我相信她是無辜的。」

那人全身綁著繃帶，正是嵯峨浩昨晚救的那名八路軍。

「報告團長，我是通化軍區直屬第七師排長李穆，昨夜我身受重傷，就是嵯峨浩小姐及時相救，我才撿回一條命。」

李穆言詞誠懇看著團長，「昨晚一切我都看在眼裡，嵯峨浩小姐絕對不會跟日寇勾結。」

因為李穆的關係，嵯峨浩才免於嚴刑審訊，接下來幾日，八路軍慢慢整修公安局損毀的部分，並埋葬殉職兄弟，嵯峨浩也請李穆替小林弄一個簡單的土碑，並讓嫮生親手在土碑旁種下白雲花的種子。

通化頒布了戒嚴令，接下來數月都籠罩在槍聲中，少了奶媽照料，婉容狀況更差，已到時而癡呆的地步。

四月孟夏初至，戰事依舊緊湊，國民黨軍集結東北的部隊準備再次強攻通化，八路軍決定撤退至長春，回到當年那個滿洲國。

然而韞穎決定不走了，她要留在通化。

「我累了，孩子們也需要安穩的生活。」

臨別那天，韞穎帶著三個孩子送嵯峨浩出城，她所有珠寶都已上繳給八路軍，並換上尋常人家的粗布短衫，昔日活潑俏麗的愛新覺羅韞穎，如今就是個尋常布衣，一個等待丈夫歸來的妻子。

「我會在這等著潤麒，等妳找到溥傑了，別忘了來看看我們。」

兩人流淚深擁後，嵯峨浩就坐上載有牲畜的棚蓋車離開，她一直回頭看著韞穎，直到她與三個孩子的身影愈來愈小，消失在田野間。

就這樣嵯峨浩踏上三天路程，一路上田間風光明媚別致，嫮生和車上的雞豬玩得不亦樂乎，時間倒也飛快，不一會就回到了他們熟悉的故里。

新京車站與離別時並無太大差異，只是滿洲國國旗已換上國民革命軍軍旗，嵯峨浩獲得李穆同意，准許她帶著嫮生與婉容回家。

新京的早市依舊熱鬧如昔，嵯峨浩感到欣慰的是，街坊百姓不管領導者是誰，都認真過著生活，有些民眾認出她和婉容，送上許多蔬菜瓜果，走過市集，嵯峨浩看到以前常到訪的厚德福餐館，如今已人去樓空，改為八路軍宿舍。

接著他們回到萬壽大街，嫮生興奮地掙脫嵯峨浩的手。

「母親，我們回家了。」

眼前景物依舊，只是人事已非，嵯峨浩悲傷地回到書房，想看看是否還有什麼遺漏的物件，忽然熟悉的叫聲從身後傳來，一隻瘦弱的梗犬對著她猛搖尾巴。

「戶之助！」

戶之助朝嵯峨浩飛奔，不斷舔她的臉，觸碰著戶之助消瘦的身軀，嵯峨浩緊緊將牠摟在懷中。

「這段日子你受苦了，我保證不會再丟下你。」

與戶之助重逢後，他們穿過因戰亂殘破不堪的杏花林，戶之助與嫮生在林中盡情奔跑，荒地上有幾株新生的枝椏冒出，嵯峨浩百感交集。

回到緝熙樓，婉容卻動也不動，她站在門口不願進去，也不願離開，就這樣過了好久，然後倒下。

她再也無法行走了。

回到長春沒多久，又傳來國民黨軍準備進軍的消息，八路軍只能再撤退，他們這次乘著馬車前往吉林，嵯峨浩的坐車上貼著「漢奸偽滿國皇族」標語，一路上遭到許多民眾辱罵，直到抵達吉林法務院的監獄。

婉容被獨自關在一個牢房，嵯峨浩每晚都聽到她時而哀嚎，時而呻吟，後來聽軍醫描述，婉容已接近彌留且不願進食，地上都是大小便溺，許多人剛開始都圍觀取笑，後來再也無人願意靠近。

嵯峨浩也忘了從什麼時候開始，她再也沒聽到婉容的聲音，婉容就這樣被送到別的地方，從此再也無人見過她。

嵯峨浩也沒得停歇，國共內戰愈演愈烈，她和嫮生很快又跟著八路軍到延吉，然後是佳木斯，因為表現良好，經過快半年的移轉，終於在七月被獲准釋放。

「我們可以走了？」

嵯峨浩不敢相信自己的耳朵，連問了數次，李穆送給她們一些乾糧和銀兩，更親自護送他們到車站。

嵯峨浩帶著嫮生和戶之助，兩人一犬搭上了佳木斯的列車，這次她終於可以自己選擇目的地。

列車在一整片晨曦照拂下啟程，兩側茂密的森林蒼翠蓊鬱，嵯峨浩打開窗戶，盡情吸取新鮮的空氣。

這就是自由的味道。

列車往黑龍江方向前進，嵯峨浩打算由陸路經朝鮮半島，再轉海路回日本，她深吸一口氣，對著窗外大喊一聲，彷彿將兩年多來的壓力一吐為快。

看著身邊熟睡的嫮生和戶之助，嵯峨浩感到許久未有的放鬆喜悅。

「孩子，我們準備回家了。」

IV

中華人民共和國二年（一九五〇年），八月一日　綏芬河（中蘇邊境）

溥傑的心跳越來越快，他知道列車的盡頭就是綏芬河車站，蘇聯軍隊會在這將他們移交給新中國政府。

終於要回家了。

溥儀在他旁邊正襟危坐，桌上的啤酒、烤肉一口也沒吃，從搭上列車開始，他就一直擔憂會被共產黨槍斃，任憑他如何請求哭鬧，蘇聯還是沒有讓他留在西伯利亞。

坐在溥傑斜前方的潤麒正閉目養神，從赤塔轉移到伯力監獄後，他就被調派到別的地方，昨晚才搭上這輛列車，這是溥傑三年來再次見到潤麒，雖然他身軀消瘦許多，凹陷的臉仍能看出眉宇間的英氣，溥傑沒有多問，因為只要人還活著，一切都好。

在伯力度過的三年漫漫時光，對溥傑來說有如白駒過隙，蘇聯當局替他們安排許多「學習課程」，教員教導他們馬克斯、資本論、列寧文選等教材，溥傑學習迅速，很快成為班長負責講課，並接受更專業的共產思想教育，溥儀則總是假裝認真，偷偷在書裡夾著金剛經或普門品等佛經。

除了閱讀，溥傑他們也被安排簡單勞動，在那裡他們有自己的地，負責栽種青椒、茄子、扁豆、西紅柿等作物，溥儀倒是種出了興趣，還誇口只要給他一塊地，在任何地方都餓不死他。

溥傑叉了一塊自己種的紅蘿蔔放入口中，這次回中國，除了希望聽到嵯峨浩的消息，讓他更害怕的，是聽到她不在的消息。

窗外景色將他逐漸拉回過往，黑龍江的樹林和西伯利亞始終不同，溥傑慶幸還認得出來，再往前就是長春了。

滿洲國的一切離他已太遙遠，連在蘇聯的時光也非常模糊，溥傑拿出那本殘破的筆記本，想起了伊萬，打開第一頁，那是一九四五年八月在赤塔的第一天，他一頁一頁翻著，直到最後一頁，日期停留在一九四六年。

八月十六日，東京

時隔一年我再度坐上飛機，這次陪同兄長到東京國際軍事法庭擔任證人，舉證日本關東軍在滿洲國犯下的惡行。

兄長一人獨自在證人席上，雖然日方律師強烈攻擊，仍能穩住情緒舉出例證反駁，讓我敬佩不已。

八月二十七日　，東京

總共八次的聽證終於結束，最後還是沒機會離開市谷，我知道赤坂就在旁邊，浩的家、慧生的學校距離法庭約略半小時距離，希望這不是我最後一次離女兒那麼近。

今日午餐吃鱈魚便當，慧生也吃一樣的嗎？

闔上寫了整整一年的日記，溥傑已無所求，只願能再見心愛的家人一面。

列車逐漸減速，緩緩駛近車站，蘇聯士兵提起了精神，將子彈上膛。

玻璃窗外月台另一頭，整排的共產黨解放軍嚴陣以待，車站飄揚著溥傑陌生的紅底五星旗。

「這就是新中國嗎？」

蘇聯軍隊不敢大意，兩軍在月台兩側對峙，所幸轉移順利，經過五載寒冬，溥傑他們終於再度踏上故土，此時已四十三歲的他不再是翩翩少年，兩鬢白髮和臉上的細紋也顯得滄桑，然而回到家鄉仍像孩子般的喜悅。

一個身穿綠草色軍服，胸前寫著中國人民解放軍的男子高喊：「我們奉周恩來總理之命，前來接你們回祖國。」

溥傑等人依序讓解放軍確認身分後，上了另一輛列車。車上每個人都異常安靜，因為還沒有人弄清新政府對他們的態度，只有溥儀一路上竭盡所能諂媚奉承，見人就說共產黨的好話。

列車中途在瀋陽停靠，之後抵達撫順，一路上他們與解放軍吃的是同樣的清粥鹹菜，用的是同樣的一碗一筷，這讓溥傑頗為訝異。

新中國成立後，毛澤東向史達林提出釋放戰俘的要求，最後從西伯利亞戰俘營中總共選出九百六十九人交還，包括第三十九和五十九師團的關東軍以及滿洲官吏。

進到撫順戰犯管理所後，每個人都獲得一個編號，溥儀還為了自己不是一號和獄警爭執好久。

穿著中山裝的所長確認溥傑身分後，在溥傑的名字旁簽字並蓋章。

980戰犯溥傑，於撫順管理所接受勞動改造和思想教育，為期十年。

溥傑心中沒有任何波瀾，他此刻只想知道嵯峨浩是否尚在人世，倒是溥儀本以為要被就地處決，聽到只須關十年狂喜叫好。

即使回到新中國，溥傑他們仍過著習慣的生活，同樣學習著共產思想相關著作，並接受定期的「思想詢問」。

「名字？」

「愛新覺羅．溥傑。」

「是否有家人？」

「有妻子和女兒。」

「有宗教信仰嗎？」

溥傑停頓了幾秒。

「有的。」

幹部皺了皺眉頭，在紙上寫了幾行字，繼續詢問一些對戰後世界的看法，溥傑後來才知道共產黨是無神論。

幹部也讓他們組成學習小組，互相驗收彼此的學習成效，並讓這些偽滿洲國民寫下日寇的罪行，溥傑在寫的時候總想起嵯峨浩，於是耗費大量篇幅解釋滿洲國日人也有好人，這份報告被退了好幾次，溥傑無奈只好將重點擺在關東軍惡行，這才順利通過檢核。

在撫順，他們也做簡單的溫室澆水等勞動，從小嬌生慣養的溥儀在這裡第一次自己洗衣跟縫補衣物，終於可以不用人伺候自理生活起居。

十月底某日，所長忽然召集他們搭上往哈爾濱的列車，原來中國開始「抗美援朝」政策，中國人民志願軍跨過鴨綠江進入北朝鮮境內，祕密參與韓戰，為防止美機轟炸鴨綠江一代，短暫將溥傑等人轉移哈爾濱囚室以確保安全。

哈爾濱監獄為關東軍所設立，房間就是一排排狹小鐵籠子，只有一個可以放饅頭進去的小洞，廁所只是與齊腰高的水泥牆，這裡環境惡劣至極，不過出乎意料連溥儀都沒有吵鬧。

一九五一年，共產黨通過《懲治反革命條例》，溥傑等人被禁止閱報，無法得知外界的消息，直到一九五四年三月上旬朝鮮停戰後，他們才再度回到撫順，此時的溥傑已四十六歲，他漸漸放棄能再見到嵯峨浩的念頭。

「別氣餒啊，三年已過，再七年就可以出去了。」

溥儀拍著溥傑肩膀安慰，自從知道解放軍沒有要槍斃自己後，他整個人變得積極樂觀，在所內表現愈來愈好，甚至開始學習中醫，當上軍醫醫助，潤麒則培養出種花草的興趣，成為溫室管理員，並身兼晨操隊長。

每個人都找到自己的生活步調，除了溥傑。

回到撫順後，領導下達新命令，溥傑他們的思想改造告一段落，接著開始鼓勵「罪狀坦承」。

「坦白從寬，謊報不實罪加一等。」

溥傑望著空白的自述書發呆，他想不到這一生犯過什麼錯，卻又覺得這一生每件事都是錯，對新中國來說，身為滿洲人的他骨子裡就是個罪人，從清朝到滿洲國，什麼日滿親善、復辟大清，每一件都是十惡不赦的死罪吧。

但溥傑不後悔自己的決定，就算要他重新選擇，他一樣會依循自己的心意。

最後他寫下了四個字，

「將錯就錯」。

比起長春，撫順四季分明、氣候宜人，在這裡生活倒也愜意，溥傑每日規律的閱讀學習，勞動方面就與其他人輪流種菜、煮飯、清潔，每日跟著潤麒的早操演習與週末的太極教學，閒暇還可以對弈泡茶，這種日子不要說蘇聯，比起滿洲國也不遑多讓。

然而溥傑心中始終缺了一塊，這裡對他來說像是裝滿飼料的籠，籠外罩上繪滿祥雲彩霧的畫布，再美都是虛假。

一九五五年一月二十三日，是溥傑回到中國接受勞改的第四個除夕夜，對大家來說沒什麼特別，但對屬羊的他來說卻是檻兒年，他和溥儀、潤麒一早幫所長寫完春聯，繪了幾幅舞龍舞獅圖、新中國慶賀圖後，溥儀就嚷嚷要替他化太歲，他不願意還被念了一頓。

「跟你說別不信邪，太歲當頭坐，無喜必有禍。」溥儀看了一下四周無人，悄聲道。

「你看我去年化太歲後，韓戰很快就結束，我們不就從哈爾濱調回來了？」他愈講愈起勁，「我們也不用像以前宮裡那麼隆重，還要祭祀什麼春神、春牛、芒神那些，就簡單化個太歲即可。」

溥儀也不顧溥傑意願，逕自拿起紙寫下他的名字生辰，以及安太歲疏文，用清茶三杯代酒，以及素包素果，帶著溥傑拜了太歲，接著又帶溥傑念了一遍心經以及一百零八遍的觀音菩薩聖號。

「這是我多年研究以來最靈驗的方式。」溥儀滿臉驕傲，「包準你從現在開始福星高照，美滿一整年。」

溥傑笑著搖搖頭，正想反駁，潤麒跑來通知大家到廣場集合，當他們抵達時，所長和所有幹部已在那等候。

「所有同志，這裡先祝你們新春快樂，過去一年都辛苦了，領導感念你們的辛勞，特地準備紅包和小禮。」

四周響起熱烈歡呼。

「在發紅包之前，有個來自周恩來總理送的大禮要宣布。」

他臉上洋溢著笑容，精神抖擻看了看每一個人，最後目光停在溥傑身上。

「溥傑，這是你的信。」

「我的？」

溥傑狐疑走上前，想不到誰會寄給他，直到看到信上的署名，眼淚瞬間潰堤。信封上印著東京郵便局的郵戳，上頭娟麗秀氣的字跡雖然陌生，卻是他朝思暮想的名字之一。

寄件人：愛新覺羅・慧生

「你的女兒慧生遠從東京寄了一封信給周恩來總理，告訴總理他是如何思念父親，希望與管束中的你通信，總理看完非常感動，特地批准。」

溥傑愣在原地，金黃色的陽光正好撒落在他身上，所長笑著大聲和所有人宣布。

「從此之後，你們都可以和家屬通信了。」

※※※※※

昭和三十年（一九五五年），三月十六日　東京 嵯峨邸・浩の実家

聽到開門聲，戶之助一拐一拐地走到門口準備迎接。

剛替學生上完畫畫課的嵯峨浩抱起戶之助，雖然牠年紀大了，烏黑的雙眼仍炯炯有神，牠的大半歲月都陪伴嵯峨浩在滿洲度過，如今也是她思念溥傑時的寄託。

當年他們搭著佳木斯列車抵達哈爾濱後，原以為可以順利轉機前往朝鮮，卻被國民黨間諜抓到帶往上海，接著又回到北京，在那之間她還回到醇親王府見過溥傑父親載灃一次，直到一九四六年底，才終於搭上最後一班回日本的引揚船。

嵯峨浩滿心期待抵達日思夜想的東京，卻發現家鄉早已面目全非，赤坂的娘家被炸毀，斌口外婆家被徵收為英國領事館，外祖母和祖父也過世了，慶幸父母和妹妹、慧生都安好無恙。

他們先在東橫線的日吉住下，直到赤坂的家修復後才搬回去，讓嵯峨浩欣慰的是，慧生乖巧又貼心，雖然好幾年父母不在身邊，卻也養成獨立成熟的個性，既會照顧爺爺奶奶，也會替嵯峨浩分擔家務，上初中後更勤練中文，被學校老師

稱讚遺傳到父親的才華，初中三年級便看起沈從文、林語堂、魯迅等中文文學，看書的時候簡直跟溥傑一個樣。

而當年在滿洲才六歲的嫮生，如今已從初中畢業，總是靜不下來的她，最近也學著姊姊有模有樣看起書來，嵯峨浩內心非常感動，她慶幸自己替溥傑把女兒平安帶回日本。

嵯峨浩回國後，父母卸下了侯爵身分，在家裡種種菜養養雞，享受耕農樂趣，嵯峨浩也重拾畫筆教畫畫，她沒忘記小林，親自將小林託付的信和照片交到他母親手上，並給予許多珠寶，讓他母親得以安享晚年。

她也寫信給在通化的韞穎，得知她與三個孩子都很平安，現在幫人縫補衣物、擺攤過日子，並有父親載灃的資助，生活不成問題。

而讓嵯峨浩最掛念的，還是溥傑，當她從西伯利亞撤回的日本俘虜口中得知，溥傑被關在伯力收容所尚在人世時，恨不得立刻飛往蘇聯，之後更不斷寫信寄去但都石沉大海，直到日本俘虜撤退告一段落，緊接著韓戰爆發，才又斷了音訊。

嵯峨浩書房內，最多的不是書跟畫，而是一疊疊厚厚的信，她每晚睡前都會寫一封信給溥傑，這是她對丈夫唯一的念想與思念時光。

待韓戰結束，又有許多人從中國遣返回來，嵯峨浩再度燃起希望，有人告訴她溥傑在哈爾濱監獄，有人說他投靠蘇聯，有人說他回了中國，也有人說見到他的屍體，眾說紛紜。

嵯峨浩也寄了好幾封信給日本紅十字會和中國紅十字會，終於確認溥傑被關在撫順管理所，為期十年的勞改。

知道溥傑還活著，嵯峨浩就放心了，她在心裡發誓，一定會等到丈夫被釋放的那天。

「母親您回來啦，我去幫您倒茶。」

嫮生的聲音將嵯峨浩拉回現實，看著雙手端茶走路搖搖晃晃的嫮生，忍不住噗哧一笑。

「婷生幫我倒茶？妳今天有點反常喔？」

「有嗎？我都一樣啊，對不對戶之助？」

婷生扮了個鬼臉，接過嵯峨浩懷中的戶之助。

「妳姐姐呢？怎麼難得不在書房？」

「因為姐姐今天有重大任務。」

婷生拉著嵯峨浩到廚房，只見慧生穿著圍裙正在熬湯。

「母親再等等，快要開飯了。」

滿頭大汗的慧生見到嵯峨浩，露出甜甜微笑。

嵯峨浩還在驚訝，她的母親嵯峨尚子從旁邊端著一盤蒲燒鯛魚走出來。

「這兩女娃這幾日一直纏著我教她們做菜呢。」

「這魚我有幫忙做喔。」

婷生夾了一口魚肉放進嘴裡，趁嵯峨尚子準備念她前溜進廚房。

「我去幫忙端菜！」

燉菜、天婦羅、味噌湯一一上桌，等嵯峨實勝整理菜園回來，所有人都入座，慧生端著一鍋熱騰騰的紅豆飯放到嵯峨浩面前。

慧生和嫮生坐在嵯峨浩身邊，大家一起唱完日文跟中文的生日快樂歌。

「生日快樂，親愛的母親。」

「母親快許三個願望。」

嵯峨浩內心感動，她雙手合十。

「希望所有我愛的人都身體健康，平安快樂。」

嵯峨浩看著父母，再看看女兒，每個人臉上都洋溢著笑容。

「第二個願望，希望世界從此不再有戰亂，永遠和平幸福。」

她閉上雙眼，認真許下第三個願望，然而就算不說出口，所有人都知道那個願望是什麼。

待嵯峨浩再度睜開眼，慧生不知何時離開又回來，雙手背在背後，雖然她盡量保持正常，嘴角還是忍不住揚起笑意。

「母親，這是給您的生日禮物，猜猜看是什麼？」

嵯峨浩笑著搖搖頭。

「我真猜不出妳會準備什麼，一本書？」

慧生笑而不語，到底還是嫮生忍不住，一把將姐姐背後的東西搶來，擺在嵯峨浩面前。

嵯峨浩瞪大眼睛不敢置信，慧生笑著，嫮生也笑著，所有人都笑著看她。

那是一封日本紅十字會轉寄來的信，信封上蓋著密密麻麻的郵戳和郵票，一排小字清楚寫著

「中國撫順戰犯管理所」。

寄件人：愛新覺羅・溥傑

嵯峨浩瞬間紅了眼眶，雙眼湧出淚水，急忙拿面紙擦拭怕把信件弄濕。

「姐姐前幾個月寫了一封信，偷偷寄給中國的周恩來總理，希望能和父親通信，總理答應了，還誇讚姐姐中文很好呢。」

婷生手舞足蹈模仿周恩來稱讚慧生，慧生滿臉通紅。

「雖然隔了幾個月到，但我相信這封信是母親最棒的生日禮物。」

「我的好女兒。」

嵯峨浩緊緊將慧生擁在懷中。

「謝謝妳，謝謝妳。」

她也將婷生攬過來，婷生眼淚忽然嘩啦落下，母女三人相擁而泣。

嵯峨浩緊緊抱著兩個女兒，她覺得自己是世界上最幸福的女人。

父親與母親身體康健，兩個女兒乖巧懂事，最重要的是，十年來的思念終於夢想成真。

戶之助窩在嵯峨浩腳邊叫了幾聲，一同慶祝這分幸福的喜悅。

晚飯後，嵯峨浩獨自到後院散步，手上溥傑的信，她已讀了不下十遍。

今晚月光格外溫柔，像在呵護滿園的白雲花。

花香清透舒心，嵯峨浩彎下腰細細嗅聞。

她在內心發誓，未來某天一定會回到中國，這次她會有女兒和丈夫陪伴，一起種下滿山遍野的白雲花。

一定會。

嵯峨浩握緊手中的信。

後記

一九六一年，溥傑、溥儀、潤麒獲特赦出獄，溥儀因表現優異，出獄後受邀加入中國人民政協全國委員會委員，潤麒出獄後到通化與韞穎和三個孩子團聚，之後學醫開立診所，一家四口享受天倫之樂。

嵯峨浩帶著女兒前往中國，於五月十二日抵達廣州與溥傑團聚，之後定居北京，相隔十六年未見的兩人，至此恩愛不離。

他們在家的四周種下滿滿的白雲花海，並繼續為中日友好而努力。

溥傑與嵯峨浩過世後，兩人骨灰一半葬於日本山口縣中山神社（嵯峨家神社）的愛新覺羅分社，另一半葬於北京西北方的妙峰山。

評審評語——

以滿清末代皇族的輾轉流離為主軸，深刻描述溥傑、嵯峨浩經歷時代浩劫，卻深情不移的夫妻情義。最符合歷史小說的事件求真實、情景求類似、韻味求緜長的要求。在人物刻劃方面則少了一點點「反差」與「對比」，因此不夠飽滿與精采。倘若多花一點筆墨，可述及滿日政治聯姻，以求繼位皇嗣時，溥傑面對皇兄溥儀的惶恐；嵯峨浩被視為女間諜時的委屈；以及溥儀、婉容對日本一意孤行的忿恨等。直至皇族大逃亡、生死交關時，諸多誤會才一一化解。如此，或許可以讓溥傑、嵯峨浩的亂世真情更加豐富動人。

——王瓊玲

獲獎感言——

每一次創作，都像是走了一趟歷史的時光迴廊，抵達想抵達的年代、認識了想認識的人，並由他們領著我重新演繹一次他們的人生歲月。可能是驚濤駭浪下的洪流碎片、也可能是被人遺忘的細膩空白，過程只有我與歷史人物的相知相惜，這是現代文明社會無法獲得的滿足感，真的非常感動與感恩。

此次是我第二度獲選全球華文文學星雲獎，非常感謝全體評審與工作人員的辛勞與賞識，也期待再次見到眾多的文壇前輩，也期許能繼續用文字訴說更動人的故事。

全球華文文學星雲獎評議委員會

評議委員會——

主任委員——李瑞騰

委　員——王潤華、何寄澎、林載爵、陳芳明、封德屏、釋妙凡

第一屆　初複審及決審委員——

【歷史小說】

初複審委員——朱嘉雯、吳鈞堯、淩明玉、歐宗智

決 審 委 員——林載爵、司馬中原、顏崑陽

【報導文學】
初複審委員——心岱、陳銘磻、楊錦郁、楊樹清
決 審 委 員——李瑞騰、馬西屏、楊渡

【人間佛教散文】
初複審委員——王盛弘、林少雯、歐銀釧、簡白
決 審 委 員——何寄澎、黃碧端、渡也

第二屆

初複審及決審委員——

【歷史小說】
初複審委員——朱嘉雯、吳鈞堯、童偉格、鍾文音
決 審 委 員——陳芳明、顏崑陽、楊照

【報導文學】
初複審委員——心岱、李展平、張典婉、廖鴻基
決 審 委 員——李瑞騰、楊渡、向陽

【人間佛教散文】

初複審委員——楊錦郁、歐銀釧、鹿憶鹿、林文義

決審委員——何寄澎、黃碧端、永樂多斯

第三屆

初複審及決審委員——

【歷史小說】

初複審委員——朱嘉雯、何致和、林黛嫚、甘耀明

決審委員——陳芳明、林載爵、楊照

【報導文學】

初複審委員——楊錦郁、張堂錡、廖鴻基、吳敏顯

決審委員——李瑞騰、柯慶明、楊渡

【人間佛教散文】

初複審委員——吳鈞堯、王盛弘、李欣倫、石德華

決審委員——何寄澎、黃碧端、簡政珍

第四屆

初複審及決審委員——

【歷史小說】
初複審委員——林黛嫚、何致和、甘耀明、鄭穎
決 審 委 員——陳芳明、林載爵、平路

【報導文學】
初複審委員——康原、張堂錡、楊錦郁、楊樹清
決 審 委 員——李瑞騰、林元輝、楊渡

【人間佛教散文】
初複審委員——王盛弘、李進文、孫梓評、方秋停
決 審 委 員——何寄澎、黃碧端、曾昭旭

第五屆

初複審及決審委員——

【歷史小說】
初複審委員——甘耀明、鄭穎、陳憲仁
決 審 委 員——林載爵、陳芳明、陳玉慧

【報導文學】
初複審委員——楊錦郁、陳銘磻、廖鴻基
決 審 委 員——李瑞騰、楊渡、須文蔚

【人間佛教散文】
初複審委員——林少雯、楊宗翰、林淑貞、石曉楓
決 審 委 員——何寄澎、黃碧端、陳義芝

第六屆

初複審及決審委員——

【歷史小說】
初複審委員——童偉格、吳鈞堯、甘耀明
決 審 委 員——陳芳明、陳雨航、平路

【報導文學】
初複審委員——楊錦郁、田運良、曾淑美
決 審 委 員——李瑞騰、林明德、劉克襄

第七屆

初複審及決審委員——

【人間佛教散文】
初複審委員——張輝誠、胡金倫、羅秀美、李儀婷
決 審 委 員——何寄澎、路寒袖、鍾怡雯

【歷史小說】
初複審委員——林黛嫚、何致和、鄭穎
決 審 委 員——陳芳明、廖輝英、陳耀昌

【報導文學】
初複審委員——楊錦郁、曾淑美、夏曼．藍波安
決 審 委 員——李瑞騰、蔡詩萍、黃碧端

【人間佛教散文】
初複審委員——孫梓評、歐銀釧、羊憶玫、林文義
決 審 委 員——封德屏、蕭蕭、亮軒

【人間禪詩】

初複審委員——楊宗翰、羅任玲、李進文、洪淑苓
決 審 委 員——何寄澎、許悔之、渡也

第八屆

初複審及決審委員——

【歷史小說】

初複審委員——吳鈞堯、鍾文音、何致和
決 審 委 員——陳芳明、李金蓮、履彊

【報導文學】

初複審委員——廖鴻基、黃慧鳳、石曉楓
決 審 委 員——李瑞騰、向陽、羅智成

【人間佛教散文】

初複審委員——王盛弘、周昭翡、楊錦郁、林少雯
決 審 委 員——林載爵、渡也、周芬伶

第九屆

初複審及決審委員——

【人間禪詩】

初複審委員——李進文、曾淑美、陳政彥、葉莎
決 審 委 員——何寄澎、陳育虹、白靈

【長篇歷史小說】

初複審委員——朱嘉雯、吳鈞堯、簡白
決 審 委 員——陳芳明、陳玉慧、陳耀昌

【短篇歷史小說】

初複審委員——陳憲仁、方梓、鄭穎
決 審 委 員——蘇偉貞、陳雨航、甘耀明

【報導文學】

初複審委員——廖鴻基、神小風、葉連鵬
決 審 委 員——李瑞騰、須文蔚、阿潑

【人間佛教散文】
初複審委員——周昭翡、李時雍、孫梓評、李欣倫
決 審 委 員——顏崑陽、蕭麗華、鄭羽書

【人間禪詩】
初複審委員——方群、蕓朵、田運良、顧蕙倩
決 審 委 員——何寄澎、蕭蕭、路寒袖

【長篇歷史小說寫作計畫補助專案】
評 審 委 員——封德屏、宇文正、陳昌明、李育霖、履彊

第十屆

初複審及決審委員——

【長篇歷史小說】
初複審委員——方梓、廖志峰、簡白
決 審 委 員——陳芳明、平路、李育霖

【短篇歷史小說】

初複審委員——吳鈞堯、凌明玉、楊傑銘

決 審 委 員——林載爵、廖輝英、梅家玲

【報導文學】

初複審委員——吳敏顯、李時雍、何定照

決 審 委 員——李瑞騰、羅智成、劉克襄

【人間佛教散文】

初複審委員——李欣倫、翁翁、鄭順聰、彭樹君

決 審 委 員——侯吉諒、鄭羽書、徐國能

【人間禪詩】

初複審委員——林婉瑜、楊宗翰、曾淑美、陳允元

決 審 委 員——何寄澎、白靈、翁文嫻

【長篇歷史小說寫作計畫補助專案】

評 審 委 員——封德屏、履彊、林文義、易鵬、廖玉蕙

第十一屆　初複審及決審委員——

【長篇歷史小說】

初複審委員——簡白、林黛嫚、何致和
決　審　委　員——陳芳明、履彊、平路

【短篇歷史小說】

初複審委員——林俊穎、陳憲仁、應鳳凰
決　審　委　員——林載爵、廖輝英、蘇偉貞

【報導文學】

初複審委員——楊傑銘、歐銀釧、田運良
決　審　委　員——李瑞騰、顧玉玲、須文蔚

【人間佛教散文】

初複審委員——向鴻全、顏訥、彭樹君、李時雍
決　審　委　員——鍾怡雯、渡也、單德興

【人間禪詩】
初複審委員——顏艾琳、陳允元、李進文、羅任玲
決審委員——何寄澎、許悔之、羅智成

【長篇歷史小說寫作計畫補助專案】
評審委員——封德屏、林文義、王鈺婷、許榮哲、范銘如

第十二屆　初複審及決審委員——

【長篇歷史小說】
初複審委員——簡白、鄭穎、吳鈞堯
決審委員——林載爵、朱嘉雯、甘耀明

【短篇歷史小說】
初複審委員——凌明玉、連明偉、何致和
決審委員——陳芳明、林俊穎、周月英

【報導文學】
初複審委員——曾淑美、李時雍、神小風
決 審 委 員——李瑞騰、羅智成、須文蔚

【人間佛教散文】
初複審委員——王盛弘、周昭翡、簡文志、歐銀釧
決 審 委 員——顏崑陽、陳幸蕙、劉克襄

【人間禪詩】
初複審委員——顏艾琳、凌性傑、陳政彥、林婉瑜
決 審 委 員——何寄澎、陳義芝、路寒袖

【長篇歷史小說寫作計畫補助專案】
評 審 委 員——履彊、向陽、江寶釵、黃美娥、王鈺婷

第十三屆　初複審及決審委員——

【長篇歷史小說】

初複審委員——應鳳凰、簡白、方梓

決 審 委 員——蘇偉貞、何致和、履彊

【短篇歷史小說】

初複審委員——連明偉、楊富閔、吳鈞堯

決 審 委 員——林黛嫚、朱嘉雯、永樂多斯

【報導文學】

初複審委員——周昭翡、李時雍、房慧真

決 審 委 員——李瑞騰、廖鴻基、劉克襄

【人間佛教散文】

初複審委員——孫梓評、石德華、簡文志、李欣倫

決 審 委 員——何寄澎、廖玉蕙、鍾玲

【人間禪詩】

初複審委員——楊宗翰、李蘋芬、李長青、林婉瑜

決 審 委 員——蕭蕭、洪淑苓、向陽

【長篇歷史小說寫作計畫補助專案】

評審委員——呂文翠、江寶釵、李育霖、胡金倫、張堂錡

第十四屆　初複審及決審委員——

【長篇歷史小說】

初複審委員——簡白、廖志峰、陳憲仁

決審委員——朱嘉雯、陳國偉、東年

【短篇歷史小說】

初複審委員——楊富閔、應鳳凰、吳億偉

決審委員——楊照、王瓊玲、李金蓮

【報導文學】

初複審委員——馬翊航、黃慧鳳、曾淑美

決審委員——李瑞騰、顧玉玲、楊渡

【人間佛教散文】

初複審委員——戴榮冠、凌拂、鍾怡彥、彭樹君

決 審 委 員——陳克華、何寄澎、廖玉蕙

【人間禪詩】

初複審委員——方群、李蘋芬、琹川、陳政彥

決 審 委 員——渡也、李癸雲、李進文

【長篇歷史小說寫作計畫補助專案】

評 審 委 員——呂文翠、范銘如、鍾文音、徐國能、祈立峰

國家圖書館出版品預行編目(CIP)資料

歷史的眼光：第十四屆全球華文文學星雲獎短篇歷史小說得獎作品集 / 秦肇, 懋透影, 詹雅量著. -- 初版. -- 高雄市：佛光文化事業有限公司, 2024.12
面；　公分. -- (藝文叢書；8073)
ISBN 978-957-457-834-4(平裝)

863.57　　　　113017760

第十四屆全球華文文學星雲獎
短篇歷史小說得獎作品集

歷史的眼光

作　者｜秦肇、懋透影、詹雅量
主　辦｜公益信託星雲大師教育基金
主　編｜李瑞騰

總 編 輯｜滿觀法師
責任編輯｜知愍法師
美術設計｜謝耀輝

出 版 者｜佛光文化事業有限公司
出版日期｜2024年12月初版一刷
印　刷｜中茂分色製版印刷事業股份有限公司
經　銷｜紅螞蟻圖書有限公司
(02)2795-3656

流 通 處｜
佛光山文化發行部
高雄市大樹區興田路149號
(07)656-1921#6664~6666

佛光山文教廣場
高雄市大樹區興田路153號
(07)656-1921#6102

佛陀紀念館四給塔
高雄市大樹區統嶺路1號
(07)656-1921#4140~4141

佛光山海內外別分院

創 辦 人｜星雲大師
發 行 人｜心培和尚
社　長｜滿觀法師

法律顧問｜毛英富律師、舒建中律師
登 記 證｜行政院新聞局版台省業字第862號

定價｜350元
ISBN｜978-957-457-834-4（平裝）
書系｜藝文叢書
書號｜8073

劃撥帳號｜18889448
戶　名｜佛光文化事業有限公司
服務專線｜
編輯部　(07)656-1921#1163~1168
發行部　(07)656-1921#6664~6666

佛光文化悅讀網｜
http://www.fgs.com.tw

佛光文化Facebook｜
https://www.facebook.com/fgsfgce